로그인 하詩겠습니까 2

이 책의 저작권은 도서출판 아침이슬에 있습니다.
신 저작권법에 의해 보호를 받는 저작물이므로 무단전재와 무단복제를 금합니다.

아침이슬 청소년 * 013

중학생이 사랑하는 시
로그인 하詩겠습니까 2

이상대 엮음 | 신서중학교 강유은 외 시감상 모음

아침이슬

시감상집을 펴내며

중학교에서 국어선생 노릇을 한 지 20년이 넘었습니다.

이런 세월이면 충분히 너그러워질 법도 한데, 아이들 때문에 속을 끓이는 날이 많습니다. 아이들이 노엽다 못해 스스로에게 노여울 때도 있습니다. 그런 날은 시를 읽습니다. 시를 읽으면서 쓰라리기도 하고, 부끄럽기도 하고, 홍건해지기도 합니다. 그런 강을 건너면서 비로소 마음의 평온을 얻습니다. 눈도 한결 맑아진 느낌이고, 한 발짝 더 나갈 수 있는 용기도 생깁니다.―시의 힘이라 믿고 있습니다.

우리 아이들도 시를 많이 읽었으면 좋겠다는 바람을 가지고 있습니다.

시를 통해 위로와 용서, 나아가 사람답게 사는 길의 상상력을 얻었으면 좋겠습니다. 어린 영혼들이 깨지고 상처받는 장면과 수시로 맞닥뜨리는 자리에 있어서 더 그런지 모르겠습니다.

그러나 요즘의 '시 공부'는 참으로 어렵습니다. 평가를 앞

세워 시를 만나는 일은 배우는 쪽이나 가르치는 쪽이나 불편하기 짝이 없습니다. 분석해서 늘어놓는 순간, 시의 감동은 온데간데없이 사라지기 일쑤입니다. 공부하는 만큼 시와 멀어지는 판이니 아이들이 시를 품을 리 없습니다. 스스럼없이 권해 줄 시집도 마땅치 않습니다. 곧바로 시인별 시집으로 접근하기엔 이들의 시 경험이 짧고, 시중에 넘치는 '꼭 읽어야 할' 어쩌고 하는 시 선집도 결국은 수험서를 벗어나지 못합니다. 중학생 수준에 견주어, 문학사적 의미만 높이 추키기 일쑤요, 해설은 위압적입니다.

어떻게 시와 친해질 것인가―
고민 끝에 몇 해 전부터 편하게 읽기, 많이 읽기에 주력했습니다. 기간을 길게 잡아서 혼자 읽기도 하고, 때로는 도서실에 모여 같이 읽기도 했습니다. 그러다가 마음에 끌리는 시가 있으면, 왜 그 시가 좋았는지 간단하게 자기 이야기를 덧붙여 시 공책에 써 보는 것입니다.

공부나 분석의 부담에서 놓여나니, 아이들은 아이들대로 편하게 읽을 수 있어서 좋고, 저는 저대로 아이들이 어떤 시에 주목하는지, 시를 통해 그들과 정서적으로 소통할 수 있는지 살필 수 있어서 좋았습니다. 그런 과정에서 시를 읽는 아이들의 가슴이 얼마나 따스하게 피어나는지를 확인하는 일은 덤으로 얻는 감동이기도 했습니다. 시 공책을 읽으면서 오랜만에 아이들 곁에서 행복했습니다.

 이 책은 그런 결과물 가운데 일부를 추린 것입니다.
 물론 시를 바라보는 아이들의 안목은 서툴고 낮습니다. 그럼에도, 굳이 세상에 내놓는 것은 아이들을 시 읽기의 주체로 내세워 보자는 욕심 때문입니다. 스스로 맛보는 즐거움을 터득하지 않고서야 어찌 삶과 시가 서로 밀고 끄는 감동에 이를 수 있겠습니까. 이 책이 또래들의 시 읽기에 물꼬가 된다면 더 이상 바랄 게 없겠습니다. 사실 이것이 중학생 시 선집을 내는 솔직한 이유이기도 합니다.

이 책의 취지를 듣고 흔쾌히 재수록을 허락해 주신, 그리고 격려를 아끼지 않으신 시인들께 진심으로 감사드립니다. 시 공책을 선뜻 내어준 어린 친구들(사정상 몇 명은 가명을 썼습니다.)에게도 고맙다는 말을 전합니다. 책이 나오기까지는 함께 모여 시 수업을 궁리한 김재수, 박현선, 곽희정 선생님의 공이 컸습니다.

모쪼록 밥 먹듯 그렇게 끼니마다 시를 읽는 따뜻하고 착한 세상을 꿈꿔 봅니다.

2010년 늦봄에 이상대

차례

04 시감상집을 펴내며

첫째마당 · 나
자화상, 나를 매만지며

16 외로우니까 사람이다 (3. 주미) 수선화에게 · 정호승
18 나는 언제 착해지는가 (2. 양나영) 내가 가장 착해질 때 · 서정홍
20 딱 맞는 말씀 (2. 송하림) 용서의 꽃 · 이해인
24 대를 물려 읽는 시 (3. 김경민) 서시 · 윤동주
26 나도 한때는 (2. 장진우) 자화상 · 윤동주
28 행복했던 시절 (2. 이가연) 무서운 나이 · 이재무
30 얼마나 외로웠으면 (2. 박은서) 사막 · 오르탕스 블루
32 "나는 내 운명의 주인" (2.이홍현) Invictus · 윌리엄 헨리
34 단 하루만이라도 (2. 정혜윤) 꿈 · 서정홍
36 울음 끝에서 길이 보인다 (2. 박지원) 자화상 · 신현림
38 내가 나에게 (2. 정다영) 기도1 · 윤성도
40 산다는 것은 (2. 홍창우) 산유화 · 김소월
42 이 따뜻한 위로 (2. 방수현) 살다가 보면 · 이근배

둘째마당 · 깨달음
스스로 폭풍이 되어

48	저만 모르는 까맣고 예쁜 점 (2. 정혜윤)	점 · 도종환
50	운명 같은 것은 없다 (2. 정규원)	아침 · 정현종
52	너무 많은 것을 그냥 받았다 (2. 신주영)	과수원에서 · 마종기
56	절망을 이기는 법 (2. 나재영)	담쟁이 · 도종환
58	송곳처럼 콕 찌르는 말씀 (2. 민재홍)	대추 한 알 · 장석주
60	뜨거운 사람, 향기로운 사람 (2. 최유정)	너에게 묻는다 · 안도현
62	읽을수록 좋은 시 (2. 최혜지)	흔들리며 피는 꽃 · 도종환
64	마음이 괴로운 친구에게 (3. 최준식)	갈대 · 신경림
66	없으면 없는 대로 (2. 박나현)	부엌 · 임길택
68	어쩌면 우리 엄마도 (2. 오정은)	
	엄마가 아들에게 주는 시 · 랭스턴 휴즈	
72	음악은 나의 양지 (2. 변성원)	양지 · 최재형
76	스스로 폭풍이 되어 (2. 윤예은)	폭풍 · 정호승

셋째마당 · 가족
세상에서 가장 힘센 사람

- 80 밥상머리에 모여 (2. 구동현) 식구 · 유병록
- 82 나쁜 놈! (3. 정민구) 엄마 · 정채봉
- 84 순수했던 시절의 노래 (2. 성유라) 엄마 걱정 · 기형도
- 86 아빠 고마워요 (2. 안예지) 아버지의 마음 · 김현승
- 90 엄마는 못 고친다 (2. 이지은) 말하지 않아도 · 서정홍
- 92 할머니, 안녕하시지요? (2. 김세현) 함양 군내버스 · 조향미
- 96 무릎내 (2. 이충희) 엄마 무릎 · 임길택
- 98 엄마도 강과 같아서 (2. 현진혁) 겨울 강가에서 · 안도현
- 100 신 대신 온 사람 (2. 정다영) 가난하다는 것은 · 이상국
- 102 공부하기 싫은 날은 (2. 공혜준) 늙은 사내의 시 · 서정주
- 104 내가 타는 커피가 맛있는 이유 (2. 이은주) 좋겠다 · 백창우

넷째마당 · 사랑, 그리움
내 그리운 이들이여

108 수첩에서 지워진 이름 (2. 김유민) 우체국 계단에 앉아 · 김인자

112 짝사랑 (2. 이주영) 낙엽 · 유치환

114 그리운 네게로 가서 (2. 최고은) 별이 되었으면 해 · 강문숙

116 기다림은 기다림을 낳는다 (2. 엄인경) 모란이 피기까지는 · 김영랑

118 친구를 사귀려면 (2. 장하나) 친구가 되기 위해서 · 허명희

120 다들 무엇을 하고 있을까 (2. 한수민) 동창 · 천상병

122 우울, 그 이상의 것 (2. 윤형철) 우울해지는 이유 · 원태연

124 "그를 이렇게 보낼 수는 없습니다" (2. 장선유) 님의 침묵 · 한용운

128 혼자가 그렇게 모여 (2. 양나영) 갈대밭에는 · 이지산

130 그날 운 것은 (2. 구교민) 네가 가던 그날은 · 김춘수

132 좋은 것일수록 함께해야 (2. 기강인) 산에 가면 · 조운

134 여친 이야기 2탄 (2. 임태식) 당신 · 서정춘

다섯째마당 · 여유

유쾌한 반란

138 주인공들아, 힘내라 (2. 정규원) 주인공 · 정현스님
140 그 사람은 똥을 쌌을까? (2. 정욱진) 이 바쁜 때 웬 설사 · 김용택
142 진짜 큰 대접 (2. 조준희) 파안 · 고재종
144 놀라운 옛 사람들의 공부법 (2. 정은수) 똥구멍 새까만 놈 · 심호택
146 진짜 눈에 뵈는 게 없다 (2. 윤희승) 마빡맞기 · 박상욱
148 도동동당동, 이 흥겨운 가락 (2. 유수진) 형님 · 김지하
150 엄마가 아시면? (2. 양희도) 복종 · 곽재구
152 날이 더워서 더운 게 아니고 (2. 김재영) 아, 여름이 좋다 · 임종길
154 동생 혼나는 날 (2. 이일한) 우는 아인 바보야 · 신천희
156 학원, 데끼 요놈! (2. 기강인) 추억 · 이원진
158 진짜일수록 쉽다 (2. 정해성) 시인이란 · 서정홍

여섯째마당 · 삶과 사회

세상을 살피다

162 후레자식이 되기 싫다면 (2. 강유은)
　　　바퀴—속도에 관한 명상5 · 반칠환
164 오늘은 어제가 아니다 (2. 임아현)　새로운 길 · 윤동주
166 앞뒤가 뒤바뀐 이야기 (2. 서유진)　민들레와 개나리 · 서홍관
168 나중에 우리는 무엇을 셀까 (2. 안동휘)　감꽃 · 김준태
170 조랑말의 슬픔 (2. 이승언)　제주 조랑말 · 문충성
174 천천히 가야 볼 수 있다 (2. 유한성)　완행열차 · 허영자
176 외할머니 용돈 봉투 (2. 오수빈)　정든 것끼리 정 붙이고 · 서정홍
178 모든 걸 이기고 돌아온 사람 (2. 양한슬)　봄 · 이성부
180 진짜 이렇다면 큰일! (2. 손주리)　어머니의 우리밀 사랑 · 서정홍
182 나 하나의 힘 (2. 이상엽)　나 하나 꽃 피어 · 조동화
184 가슴을 뛰게 만드는 시 (2. 이희준)　곽낙원 · 고은

188 후기 · 시가 나를 찾아왔어

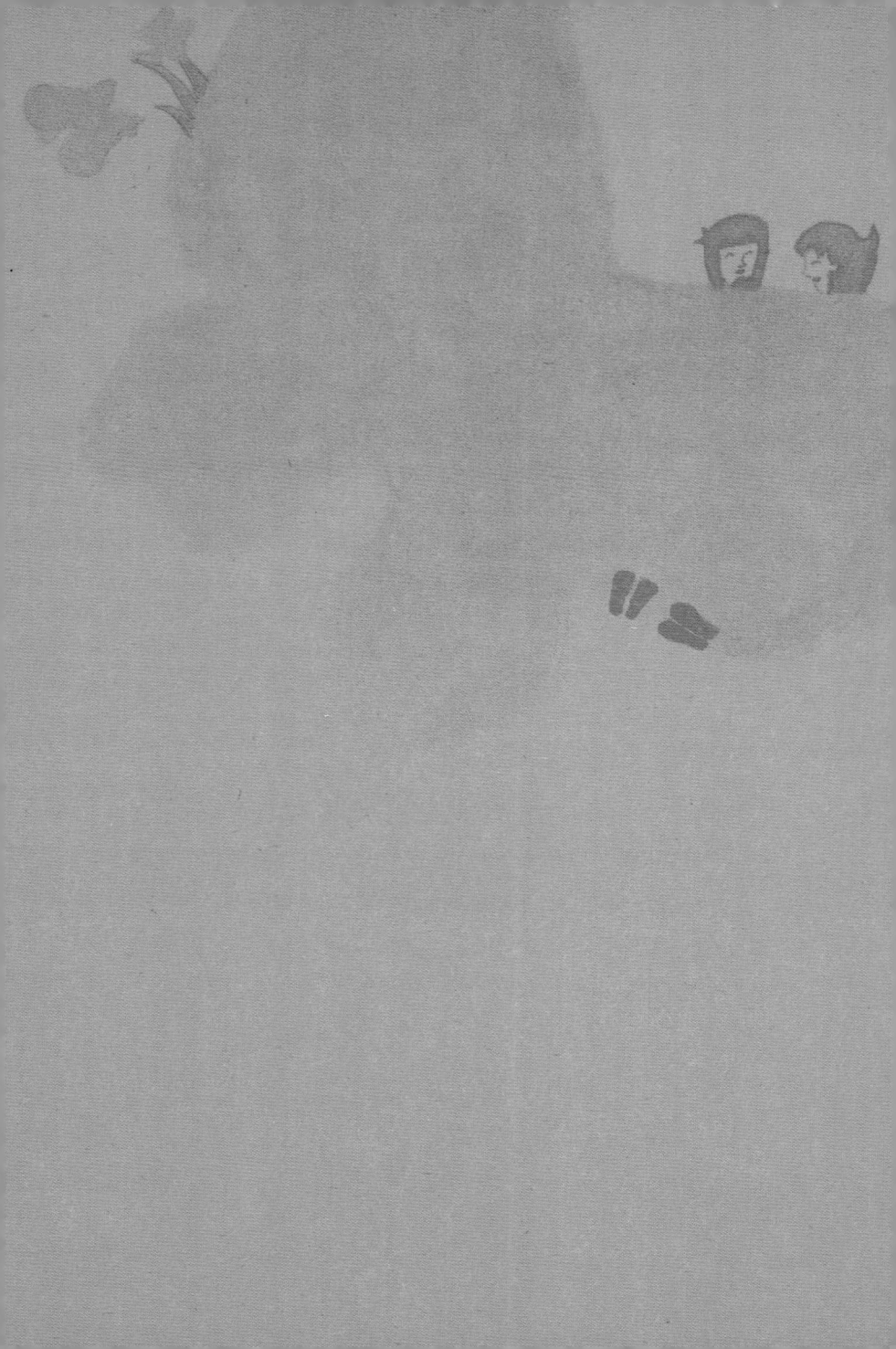

첫째마당 · 나

자화상, 나를 매만지며

수선화에게

정호승

울지마라
외로우니까 사람이다
살아간다는 것은 외로움을 견디는 일이다
공연히 오지 않는 전화를 기다리지 마라
눈이 오면 눈길을 걸어가고
비가 오면 빗길을 걸어가라
갈대숲에서 가슴검은도요새도 너를 보고 있다
가끔은 하느님도 외로워서 눈물을 흘리신다
새들이 나뭇가지에 앉아 있는 것도 외로움 때문이고
네가 물가에 앉아 있는 것도 외로움 때문이다
산 그림자도 외로워서 하루에 한 번씩 마을로 내려온다
종소리도 외로워서 울려퍼진다

외로우니까 사람이다

　어제 내 단짝과 찢어졌다. 내가 싫어졌으니 쌩까고 지내잔다. 그 애 성격상 내 주변의 친구까지 다 데려갈 것이다. 집에 가서 얘기하니 엄마는 오히려 날 야단친다. 공부는 안 하고 쌈질만 한단다. 나 혼자 세상에 떨어진 기분이었다. 눈물도 안 났다. 학교에 오기도 싫었다. 1교시 국어시간. 마음에 드는 시를 찾아 감상을 쓰란다. 기분도 처참한데 웬 시! 마지못해 시집을 뒤적이는데 정호승 시인이 쓴 '수선화에게'라는 시가 눈에 들어왔다.

　…아, 외로우니까 사람이란다. 가끔은 하느님도 외로워서 눈물을 흘린단다. 그러니까 참고 견딘단다. 꼭 나를 위해서 쓴 시 같았다. 어제 나오지 않던 눈물이 막 나왔다. 그래, 이겨내자. 이까짓 거! 누구나 다 외롭다는데…… 그렇게 생각하니 마음이 시원해졌다.

(3년 주미)

내가 가장 착해질 때

서정홍

이랑을 만들고
흙을 만지며
씨를 뿌릴 때
나는 저절로 착해진다.

나는 언제 착해지는가

논술에 나온 시를 찾다가 이 시를 읽게 되었다.

내가 가장 착해질 때는 언제냐? 내 자신에게 묻는다. '글쎄, 네가 더 잘 알잖아?' 내가 답한다.(집에서 혼자 이러고 논다.) 본성이 사악한 내가 착해질 때가 있을까, 했는데 저번에 상담 선생님이 내 목소리가 유일하게 밝아지는 때가 책 읽을 때라고 했다. 같은 제목으로 모방시를 써 본다.

"손때 묻은 오래된 책/ 사락 소리 내며 넘길 때/ 나는 저절로 착해진다."

자신이 착해질 때가 언제인지 안다는 건 행복한 일이다.

(2년 양나영)

용서의 꽃

이해인

당신을 용서한다고 말하면서
사실은 용서하지 않은
나 자신을 용서하기
힘든 날이 있습니다

무어라고 변명조차 할 수 없는
나의 부끄러움을 대신해
오늘은 당신께
고운 꽃을 보내고 싶습니다

그토록 모진 말로
나를 아프게 한 당신을
미워하는 동안

내 마음의 잿빛 하늘엔
평화의 구름 한 점 뜨지 않아
몹시 괴로웠습니다

이젠 당신보다
나 자신을 위해서라도
당신을 용서하지 않을 수가 없습니다
나는 참 이기적이지요?

나를 바로 보게 도와준
당신에게 고맙다는 말을
아직은 용기 없어
이렇게 꽃다발로 대신하는
내 마음을 받아주십시오

딱 맞는 말씀

'당신을 용서한다고 말하면서/ 사실은 용서하지 않은/ 나 자신을 용서하기/ 힘든 날이 있습니다' — 이 말이 맞다. 나도 괜찮다고 하면서 속으로는 그 사람을 욕할 때가 많다. 그러다가 나중에는 미안한 마음이 들기도 한다. 상대방이 진심으로 사과했는데 혼자 비겁하게 뒤에서 욕하는 것 같아서 말이다. 사람이 쪼잔하게 왜 이러나, 하는 자책감도 든다. 나도 이제 나를 위해서라도 용서하는 법을 배워야겠다.

(2년 송하림)

서시

윤동주

죽는 날까지 하늘을 우러러
한 점 부끄럼이 없기를,
잎새에 이는 바람에도
나는 괴로워했다.
별을 노래하는 마음으로
모든 죽어가는 것을 사랑해야지.
그리고 나한테 주어진 길을
걸어가야겠다.

오늘 밤에도 별이 바람에 스치운다.

대를 물려 읽는 시
　아빠가 가장 좋아하는 애송시이다. 물론 나도 이 시가 좋다. 시를 소리 내어 읽으면 뭔가 깨끗해지는 느낌이 좋다. 아빠도 그렇단다. 살다 보면 '먹고 살기 위해서' 아무래도 양심에 눈 감을 때가 많은데, 이 시를 읽으면 '적어도 더 이상 나쁘게 살지는 말아야겠다'라는 다짐을 하시게 된단다.
　나는 이 시에서 '나한테 주어진 길을 걸어가야겠다'라는 구절이 좋다. 식민지 청년으로 살던 시인이 걷고자 했던 길은 분명 나와는 다를 것이다. 나에게 주어진 길은 무엇일까? 죽어가는 것조차 사랑하는 마음으로 주어진 길을 갈 수 있을까? 이런 생각을 하면 갑자기 내가 부쩍 큰 것 같은 느낌이 든다.
(3년 김경민)

자화상

윤동주

산모퉁이를 돌아 논가 외딴 우물을 홀로 찾아가선 가만히 들여다봅니다.

우물 속에는 달이 밝고 구름이 흐르고 하늘이 펼치고 파아란 바람이 불고 가을이 있습니다.

그리고 한 사나이가 있습니다.
어쩐지 그 사나이가 미워져 돌아갑니다.

돌아가다 생각하니 그 사나이가 가엾어집니다.
도로 가 들여다보니 사나이는 그대로 있습니다.

다시 그 사나이가 미워져 돌아갑니다.
돌아가다 생각하니 그 사나이가 그리워집니다.

우물 속에는 달이 밝고 구름이 흐르고 하늘이 펼치고 파아란 바람이 불고 가을이 있고 추억(追憶)처럼 사나이가 있습니다.

나도 한때는
솔직하게 말하면, 요즘 나는 내가 별로 마음에 들지 않았다. 이유는 집안 문제와 관련된 사적인 것이긴 하지만, 시 감상을 쓸 작정으로 시집을 보며 어려운 시를 건너뛰는데 이 시가 눈에 쏙 들어왔다. 우물 속의 사나이는 아마 자기 자신일 것이다. 자신이 미워졌다가 너무 미워할 수는 없어 잠시 괜찮아졌다가, 다시 미워졌다가 하는 것이 요즈음의 나와 딱 들어맞는 듯했다. 또한 시의 마지막에 '추억처럼 사나이가 있습니다'는 옛날에 착했던 나를 말하는 것 같았다. 순간 나는 옛 추억에 빠지며 혼자 가슴이 뭉클해졌다.
(2년 장진우)

무서운 나이

이재무

천둥 번개가 무서웠던 시절이 있다
큰 죄 짓지 않고도 장마철에는
내 몸에 번개 꽂혀 올까봐
쇠붙이란 쇠붙이 멀찌감치 감추고
몸 웅크려 떨던 시절이 있다
철이 든다는 것은 무엇인가
어느새 한 아이의 아비가 된 나는
천둥 번개가 무섭지 않다
큰 죄 주렁주렁 달고 다녀도
쇠붙이 노상 몸에 달고 다녀도
그까짓 것 이제 두렵지 않다
천둥 번개가 괜시리 두려웠던
행복한 시절이 내게 있었다

행복했던 시절

오늘 세계빈민퇴치 관련 봉사활동을 다녀왔다.

나는 나이를 먹으면서 조금씩 나빠지고 있다. 사실 오늘 봉사활동만 해도 아프리카 아이들에게 도움을 주기 위해 갔다기보다는 봉사활동 점수를 챙기는 것이 먼저였다. 어렸을 때는, 그런 활동에 참여하면 오직 그들을 도와야겠다는 생각밖에는 안 했다. 활동 장소에 가는 동안 지하철을 이용했는데, 슬픈 음악을 틀고 지팡이로 앞을 더듬거리며 돈을 구걸하는 사람이 있었다. 그가 지나가는 동안 나는 즐겁게 친구와 폰게임을 했다. 어렸을 때는 그런 분을 보면 눈물까지 흘리며 어쩔 줄 몰라 했다. 누군가의 불행에 슬퍼하고 같이 울며, 주머니 바닥까지 뒤져 동전을 찾던 그런 '행복한 시절'이 내게 있었다.

(2년 이가연)

사막

오르탕스 블루

그 사막에서 그는
너무도 외로워
때로는 뒷걸음질로 걸었다
자기 앞에 찍힌 발자국을 보려고.

얼마나 외로웠으면
　얼마나 외로웠으면 자기 발자국이라도 보고 싶었을까.
　나는 이 시를 읽자마자 어린 왕자가 생각났다. 자신이 떠나온 행성을 그리워하며 사막을 떠돌던 어린 왕자. 그도 너무 외롭고 장미가 보고 싶어 때로는 하늘을 올려다보지 않았을까. 뒷걸음쳐서 자신의 발자국이라도 보고 싶어 하지 않았을까. 외로움이란 참 슬프고 무서운 것이다. 나도 때로는 외로움을 느낀다. 뒷걸음질해서 자신의 발자국을 볼 여유도 없는 세상이 무서울 때도 있다.
　(2년 박은서)

Invictus

윌리엄 헨리

나를 감싸고 있는 밤은
온통 칠흑 같은 암흑
억누를 수 없는 내 영혼에
신들이 무슨 일을 벌일지라도 감사한다.

잔인한 환경의 마수에서
난 움츠리거나 소리 내어 울지 않았다.
내려치는 위험 속에서
내 머리는 피투성이지만 굽히지 않았다.

분노와 눈물의 이 땅을 넘어
어둠의 공포만이 어렴풋하다,
그리고 오랜 재앙의 세월이 흘러도
나는 두려움에 떨지 않을 것이다.

문이 얼마나 좁은지
아무리 많은 형벌이 날 기다릴지라도 중요치 않다.
나는 내 운명의 주인,
나는 내 영혼의 선장.

"나는 내 운명의 주인"

　내가 유일하게 외우려고 도전한 시이다. 판타지소설 〈룬의 아이들―윈터러〉 후기에서 지은이가 인용한 시로, 무엇보다 책의 주인공이 어려움을 견뎌내고 차례차례 전진하는 모습이 담겨 있어서 좋았다. (시의 원저자는 영국의 윌리엄 헨리 1849~1903라고 한다.) 나는 내 운명의 주인, 내 영혼의 선장―나도 어려움을 견뎌내며, 두려움에 떨지 않는 내 운명의 주인이고 싶다. 어쨌든 내가 읽은 시 가운데 가장 인상적인 것을 고르라 한다면 나는 망설이지 않고 이 시를 꼽을 것이다.
(2년 이홍현)

*Invictus: '정복할 수 없다' 라는 뜻의 라틴어

꿈

서정홍

저 따뜻한 봄볕 아래
단 하루만이라도
단 한 시간만이라도
쉴 수 있으면 좋겠네.

흰나비 노랑나비 춤을 추는
저 따뜻한 봄볕 아래
아무 걱정 없이.

단 하루만이라도

시험기간이다. 정말, 저 따뜻한 봄볕 아래 단 하루만이라도 '아무 걱정 없이' 푹 잘 수 있었으면 좋겠다. 노랑나비 흰나비는 바라지도 않는다. 엄마 잔소리, 학원 구속이 없는 곳에서 이불 한 장, 베개 하나만 있으면 바랄 것도 없다. 마음이라도 이렇게 같이 하는 시가 있으니 참 고맙다. 그런데 시인은 뭐 때문에 이렇게 힘이 들었을까.
(2년 정혜윤)

자화상

신현림

울음 끝에서 슬픔은 무너지고 길이 보인다

울음은 사람이 만드는 아주 작은 창문인 것

창문 밖에서
한 여자가 삶의 극락을 꿈꾸며
잊을 수 없는 저녁 바다를 닦는다

울음 끝에서 길이 보인다
 울고 나면 항상 후련하다. 뭔가 해결된 듯한 느낌. 나를 잘 이해해 주는 듯한 이 시가 너무 마음에 든다. 특히 '울음은 사람이 만드는 아주 작은 창문인 것', 이 대목이 딱 좋다. 울면서 여는 작은 창문, 이것은 희망의 창문이기도 할 것이다. 그래서 사람들은 슬플 때마다 우는 것일지도 모른다. 대부분 사람들은 힘들 때 애써 울지 않으려 한다. 그러나 그럴 필요가 있을까. 울고 싶으면 울 것! 시인도 말하지 않는가. 울음 끝에서 슬픔이 무너지고 길이 보인다고.
(2년 박지원)

기도 1

윤성도

나의 기도가
처음 말 배우는 어린아이처럼
서투르게 하옵소서
나의 기도가
콩나물시루에 붓는 작은 물 같이
소리 나지 않게 하옵소서
농부의 발자국 소리 듣고
보리 이삭이 자라듯
나의 기도가
부지런한 농부의
발자국 소리 되게 하시옵소서

내가 나에게

 어린아이와 농부의 기도……. 시인의 목소리가 참 진실하고 소박하게 느껴진다. 나도 (믿는 교는 없지만) 가끔 기도를 한다. 전에 교회를 조금 나가긴 했다. 그러나 전도사님 말씀이 너무 지루해서 그만두었다. 그러나 기도만큼은 뭔가 믿음 같은 게 간다. 기도는 하느님한테 비는 것이지만 사실 나한테 하는 다짐이기도 하다. 잠들기 전에 안 좋은 생각을 하면 그게 머릿속에서 사라지지 않는데, 나는 그럴 때 기도를 한다. 서툴지만 그냥 한다. 오늘 먹을 것을 주셔서 감사하고, 잘못했던 일에 대해 용서를 빌고, 그리고 내 소원을 빈다. 내 소원은 네 가지인데 이건 비밀이다. 소원은 입 밖으로 나오는 순간 없어지니까 그냥 마음으로 빌고 다짐한다.
(2년 정다영)

산유화

김소월

산에는 꽃 피네
꽃이 피네
갈 봄 여름 없이
꽃이 피네.

산에
산에
피는 꽃은
저만치 혼자서 피어 있네

산에서 우는 작은 새여
꽃이 좋아
산에서
사노라네

산에는 꽃 지네

꽃이 지네

갈 봄 여름 없이

꽃이 지네

산다는 것은
  산에는 많은 꽃이 피고 진다. 그런데 다 저만치 따로 피어 있다. 생각해 보면 사람도 그런 것 같다. 많은 사람들이 북적거리지만 사실은 다 제각각이다. 학교에서도 친구들과 얘기하다 보면 나 혼자 동떨어진 것 같은 기분이 들 때가 있다. 친구들은 많은데 외로울 때도 있다. 사는 게 고독(?)하다. 그런 생각을 하면서 다시 읽으니 진짜 쓸쓸한 기분이 들었다. 산에는 꽃 지네, 꽃이 지네, 갈 봄 여름 없이 꽃이 지네.
(2년 홍창우)

살다가 보면

이근배

살다가 보면
넘어지지 않을 곳에서
넘어질 때가 있다

사랑을 말하지 않을 곳에서
사랑을 말할 때가 있다

눈물을 보이지 않을 곳에서
눈물을 보일 때가 있다

살다가 보면
사랑하는 사람을
사랑하지 않기 위해서
떠나보낼 때가 있다

떠나보내지 않을 것을
떠나보내고
어둠 속에 갇혀
짐승스런 시간을
살 때가 있다

살다가 보면

이 따뜻한 위로

맞다…. 살다가 보면 그냥 넘어질 때가 있다. 울지 않아도 되는 곳에서 울 때도 있으며, 심지어 진짜 좋아하는 사람을 어쩔 수 없이 떠나보낼 때도 있다. 사실 요즘은 학교 나오기가 싫다. 6학년 때부터 단짝으로 지내온 친구와 크게 싸운 후유증 때문이다. 그렇잖아도 반 아이들하고 사이가 서먹한데 정말 미칠 것 같다. 분명히 상대가 나에 대한 거짓소문을 퍼뜨리고 다닌 것 때문에 싸움이 시작됐다. 그런데, 지금은 오히려 날 보고 공개적인 사과를 하란다. 어이가 없어서 말도 안 나올 지경인데, 집에 가면 눈물이 쏟아진다. 왜 눈물이 나오는지도 모르겠다.

그런 중에 이 시를 만나게 되었다. 정말이지 제목에서부터 맨 마지막 마침표까지 꼭 나를 위해 쓴 것 같다. 시인이 내 사정을 알고 보낸 편지 같아서 한동안 가슴이 먹먹했다.

(2년 방수현)

둘째마당 · 깨달음

스스로 폭풍이 되어

점

도종환

사람에게는 저마다 자신만 못 보는 아름다운 구석 있지요.

뒷덜미의 잔잔한 물결털 같은.

귀 뒤에 숨겨진 까만 점 같은.

많은 것을 용서하고 돌아서는 뒷모습 같은.

저만 모르는 까맣고 예쁜 점

　내 친구 진이는 참 순진하다. 오늘만 해도 얼굴도 모르는 애한테 체육복을 빌려주고는 제 시간에 돌려받지 못했다. 그래놓고는 막상 우리반 체육시간이 되자 울상이 되어 안절부절 못했다. 자기가 어리석었다고, 옷을 빌려주는 게 아니었다고. 진이는 거절할 줄도 모르고 성격이 똑부러지지도 못하다. 자기도 그런 맹한 성격이 참 싫단다. 그러나 그런 점이 주변 사람들을 참 편하게 해 준다. 무슨 말이든 진지하게 경청하고 반응하는 진이를 마주하고 있으면 어떤 고민도 다 말해 버릴 것만 같다. 진이는 모를 것이다. 제 귀 뒤에 숨겨진 이렇듯 까맣고 예쁜 점을.
(2년 정혜윤)

아침

정현종

아침에는
운명 같은 건 없다.
있는 건 오로지
새 날
풋기운!

운명은 혹시
저녁이나 밤에
무거운 걸음으로
다가올진 모르겠으나,
아침에는
운명 같은 건 없다.

운명 같은 것은 없다
　교보문고에 갔다가 처음 이 시를 만났다. 그때 마침 많은 사람들이 바쁘게 오가고 있었는데, 이 시의 첫 대목이 강렬하게 와 닿았다. ─아침에는/ 운명 같은 건 없다./ 있는 건 오로지 새 날/ 풋기운!
　사실, 우리는 앞날에 대해 걱정이 많다. 나만 해도 아침에 집을 나설 때 그날 일이 걱정스러울 때가 많다. 교문에서 걸리지는 않을까, 재수 없는 일이 생기지는 않을까……걱정은 사람을 우울하고 답답하게 만든다. 그런데 이 시는 그런 답답함을 한순간에 깨뜨린다. 아침에 운명 같은 것은 없다!고. 그렇다. 어떻게 무슨 일이 벌어질지도 모를 다음 때문에 걱정하기보다는 지금 이 순간 내가 숨 쉬고 있음을, 풋기운이 차오르고 있음을 느끼는 것이 중요하다. 그래서 나는 아침에 집을 나설 때 한 번씩 중얼거린다. ─아침에 운명 같은 것은 없다! 그러면 어둔 그늘이 확 걷히는 기분이 된다.
(2년 정규원)

과수원에서

마종기

시끄럽고 뜨거운 한 철을 보내고
뒤돌아본 결실의 과수원에서
사과나무 한 그루가 내게 말했다.
오랜 세월 지나가도 그 목소리는
내 귀에 깊이 남아 자주 생각난다.

― 나는 너무 많은 것을 그냥 받았다.
 땅은 내게 많은 것을 그냥 주었다.
 봄에는 젊고 싱싱하게 힘을 주었고
 여름에는 엄청난 꽃과 향기의 춤,
 밤낮없는 환상의 축제를 즐겼다.
 이제 가지에 달린 열매를 너에게 준다.
 남에게 줄 수 있는 이 기쁨도 그냥 받은 것,
 땅에서, 하늘에서, 주위의 모두에게서

나는 너무 많은 것을 그냥 받았다.

- 내 몸의 열매를 다 너에게 주어
  내가 다시 가난하고 가벼워지면
  미미하고 귀한 사연도 밝게 보이겠지.
  그 감격이 내 몸을 맑게 씻어주겠지.
  열매는 음식이 되고, 남은 씨 땅에 지면
  수많은 내 생명이 다시 살아나는구나.
  주는 것이 바로 사는 길이 되는구나.

오랜 세월 지나가도 그 목소리는
내 귀에 깊이 남아 자주 생각나기를.

나는 너무 많은 것을 그냥 받았다

　나도 그렇다. 공짜로 너무 많은 것을 받았다. 좋은 부모님을 만났고, 아주 못 생기지도 않았고, 공부도 뭐……. 암튼 아무 문제없이 이렇게 살아가는 것만으로도 축복받은 것이다. 기아에 시달리는 아프리카 사람들을 보라. 오늘 내가 버리는 급식 반찬이 그들이 그토록 바라던 음식이었을 것이다. 이렇게 생각하면 난 정말 행복한 사람이다. 그런데 이 즐거움과 행복도 그냥 받은 거란다. 키가 컸으면 좋겠고, 얼굴이 더 작았으면 좋겠고, 체육을 잘했으면 좋겠지만, 사람이 이럴 수는 없다. 더 바랄 게 아니라, '그냥 받은' 내 행복과 기쁨에 감사하며 그것을 남에게도 주어야 한다. 주는 것이 사는 길이란다. 이 시, 너무 마음에 든다.
(2년 신주영)

담쟁이

도종환

저것은 벽
어쩔 수 없는 벽이라고 우리가 느낄 때
그때
담쟁이는 말없이 그 벽을 오른다

물 한 방울 없고 씨앗 한 톨 살아남을 수 없는
저것은 절망의 벽이라고 말할 때
담쟁이는 서두르지 않고 앞으로 나아간다

한 뼘이라도 꼭 여럿이 함께 손을 잡고 올라간다
푸르게 절망을 다 덮을 때까지
바로 그 절망을 잡고 놓지 않는다

저것은 넘을 수 없는 벽이라고 고개를 떨구고 있을 때

담쟁이 잎 하나는 담쟁이 잎 수천 개를 이끌고

결국 그 벽을 넘는다

절망을 이기는 법

　아빠께 이 시를 보여 드렸더니, 좋은 시라며 같이 외우자고 하신다. 의지가 느껴지는, 내가 봐도 좋은 시 같다. 자신을 가로막는 벽, 그 벽을 타고 담쟁이는 오른다. 물도 한 방울 없는 절망적인 상황일수록 담쟁이는 그 벽을 꽉 잡고 넘는다. 나도 담쟁이처럼 내 앞의 벽과 장애에 맞서 서두르지 않고 용기 있게 나아갈 수 있으면 좋겠다. 여럿의 손을 꼭 잡고.
(2년 나재영)

대추 한 알

장석주

저게 저절로 붉어질 리는 없다.
저 안에 태풍 몇 개
저 안에 천둥 몇 개
저 안에 벼락 몇 개.

저게 저 혼자 둥글어질 리는 없다.
저 안에 무서리 내리는 몇 밤
저 안에 땡볕 두어 달
저 안에 초승달 몇 날.

송곳처럼 콕 찌르는 말씀

그 쪼그만 대추란 놈도 절로 붉어지는 게 아니란 말씀!
　며칠 전에 학원에서 시험을 봤다. 나름 노력은 했는데 점수가 기대 이하였다. 그래서인지 집에 와서도 전혀 문제 풀고 싶은 마음이 생기지 않았다. 시집이나 읽다 자려고 책을 폈는데 이 시가 팍 꽂혔다. 대추가 그냥 크고 붉게 익는 것이 아니라는 것이다. 그러고 보니 맞는 말이다. 저절로 되는 것은 아무것도 없다. 밤톨보다 작은 대추조차도 태풍에 천둥, 벼락을 맞으면서 몇 달을 땡볕에 뒹구는 시련을 거쳐야 새빨갛게 익는다. 공부 좀 했다고 곧바로 좋은 결과를 바라는 내가 대추만도 못한 놈이다. 송곳처럼 콕 찌르는 대추 한 알의 교훈!
(2년 민재홍)

너에게 묻는다

안도현

연탄재 함부로 발로 차지 마라

너는

누구에게 한 번이라도 뜨거운 사람이었느냐

뜨거운 사람, 향기로운 사람
   내가 제일 좋아하는 시다. 짧지만 마음을 경건하게 만든다. 연탄재를 소재로 쓴 것도 마음에 든다. 언젠가 학원에서 응용시를 써보라고 해서 그때 이렇게 썼다.
  '떨어진 꽃잎 함부로 밟지 마라
   너는
   누구에게 한 번이라도 향기로운 사람이었느냐
   연탄의 희생보다야 못하겠지만, 다른 사람에게 편안함을 주는 사람이 되고 싶다.
(2년 최유정)

흔들리며 피는 꽃

도종환

흔들리지 않고 피는 꽃이 어디 있으랴
이 세상 그 어떤 아름다운 꽃들도
다 흔들리면서 피었나니
흔들리면서 줄기를 곧게 세웠나니
흔들리지 않고 가는 사랑이 어디 있으랴

젖지 않고 피는 꽃이 어디 있으랴
이 세상 그 어떤 빛나는 꽃들도
다 젖으며 젖으며 피었나니
바람과 비에 젖으며 꽃잎 따뜻하게 피웠나니
젖지 않고 가는 삶이 어디 있으랴

읽을수록 좋은 시

　흔들리지 않고 피는 꽃이 어디 있으랴.—언젠가 텔레비전에서 방영한 〈빅뱅〉 다큐에서 이 구절을 처음 만났다. 그때 이 구절이 아주 강한 인상으로 내 가슴에 꽂혀서, 지치고 힘들 때마다 은근히 힘이 되어 주곤 했다. 아마 그 글귀를 만나지 못했다면 해보지도 않고 포기한 것이 많았을 것이다. 이번 달만 해도 그렇다. 학원 공부를 하다가 갑자기 짜증이 나서, 차라리 성적대를 낮추어서 그냥 놀아 버리고 말까, 아니면 확 가출을 해 버릴까, 그러다가는 또 이런 생각을 하고 있는 나 자신에게 화가 치밀었는데, 그 무렵 이 시를 읽고 마음을 다독거렸다. (한 구절만 알고 있다가 원 시를 읽으니 느낌이 더 진했다.) '너는 지금 공부 때문에 흔들리고 있는데 이를 견디어 내지 못하고서야 어떻게 꽃을 피우겠는가, 남들도 다 겪는 일인데 이제 투정은 그만두자.' 시가 이렇게 말해 주는 듯했다. 흔들리지 않고 피는 꽃이 어디 있으랴, 젖지 않고 가는 삶이 어디 있으랴.—읽을수록 좋다.
(2년 최혜지)

갈대

신경림

언제부턴가 갈대는 속으로
조용히 울고 있었다.

그런 어느 밤이었을 것이다. 갈대는
그의 온몸이 흔들리고 있는 것을 알았다.

바람도 달빛도 아닌 것.
갈대는 저를 흔드는 것이 제 조용한 울음인 것을
까맣게 몰랐다.
―산다는 것은 속으로 이렇게
조용히 울고 있는 것이란 것을
그는 몰랐다.

마음이 괴로운 친구에게

  처음 읽으면 마음이 슬퍼지고, 두 번째 읽으면 마음이 고요해지는 시이다.

  요즘에 왠지 마음이 갑갑하고 세상 모든 게 귀찮아졌다. 모든 게 가식적으로 보이고 나 하나 없어져도 세상이 바뀌는 게 없을 거라는 생각이 들었다. 그런데, 산다는 건 이렇게 속으로 조용히 울고 있는 거라고 이 시가 말해 줬다. 내가 힘든 것은 내 마음속의 울음 때문이라고, 다른 사람들도 마음속으로는 다 울면서 살고 있다고. 시가 따뜻하게 내 손을 잡아 주는 것 같은 느낌이 들었다. 그러자 마음이 좀 가벼워지면서, 이렇게 낙심하고 처져 있으면 안 되겠다는 생각이 들었다. 마음이 괴로운 친구들에게 이 시를 권하고 싶다.

(3년 최준식)

부엌

임길택

쓰다 남은 판자 조각에
비뚜름히 새겨놓은 글귀

―없는 대로
―불편한 대로

아궁이 앞
불쏘시개 솔잎 한 줌만이
날마다 이 글귀 읽고 있다.

없으면 없는 대로

  누구한테 "어디 가자!" "~하자" "~만들자" 이런 말을 들으면 내 뇌의 중심부에 맨 먼저 딱 떠오르는 생각, "오마이갓드…귀찮아". 그러나 내가 갖고 싶은 것이 생기면 어떤 귀찮음을 무릅쓰고서라도 지름신 강림으로 꼭 사고야 만다. 하지만 그것들은 하루가 지나기 무섭게 서랍 구석으로 처박힌다. 그래서 이 시를 읽으면서 가슴이 많이 찔렸다. 내가 조그만 불편도 감수하지 않으려 으르렁거릴 때, 누군가는 줄이고 덜 쓰며 불편한 대로 사는 것이다. 나! 맹세컨대 오늘부터 있으면 있는 대로, 없으면 없는 대로 살아갈 것이다.
(2년 박나현)

엄마가 아들에게 주는 시

랭스턴 휴즈

아들아, 난 너에게 말하고 싶다.
인생은 내게 수정으로 된 계단이 아니었다는 걸.
계단에는 못도 떨어져 있었고,
가시도 있었다.
그리고 판자에는 구멍이 났지.
바닥엔 양탄자도 깔려 있지 않았다.
맨바닥이었어.

그러나 난 지금까지
멈추지 않고 계단을 올라왔다.
층계참에도 도달하고
모퉁이도 돌고
때로는 전깃불도 없는 캄캄한 곳까지 올라갔지.

그러니 아들아, 너도 돌아서지 말아라.
계단 위에 주저앉지 말아라.
왜냐하면 넌 지금
약간 힘든 것일 뿐이니까.
너도 곧 그걸 알게 될 테니까.
지금 주저앉으면 안 된다.

왜냐하면 애야, 나도 아직
그 계단을 올라가고 있으니까.
난 아직도 오르고 있다.
그리고 인생은 내게
수정으로 된 계단이 아니었지.

어쩌면 우리 엄마도

엄마랑 대판 싸웠다. 친구에게 그냥 빈말로 어제 오후 내내 집에서 놀았다고 문자를 보냈는데, 내가 밥 먹고 샤워하는 사이에 엄마가 그걸 본 것이다. 사실 나는 어제 도서실에서 계속 공부를 했다. 이번에는 성적을 더 올리고 싶어서 1학년 때보다 더 열심히 했다. 나는 영문도 모른 채 욕실을 나오다가 벼락을 맞았다. 설령 놀았다고 해도 그렇지, 어떻게 그렇게……. 도서실로 도망 나와서도 감정이 끓어올라 집중이 되지 않았다. 그래서 시집을 꺼냈는데, 랭스턴 휴즈의 시가 눈에 들어왔다. 시를 읽는데 자꾸만 눈물이 났다. 마침 친구가 내 자리로 왔으나 우는 모습을 보여 줄 수가 없어서 뒤도 돌아보지 못했다. 한참 울고 나니까 그래도 화가 좀 풀렸다. 아까처럼 엄마가 그렇게 밉거나 싫지도 않았다. 엄마도 '수정으로 된 계단'을 올라가고 있는 것은 아니니까. 모든 것을 다 아는 것은 아니니까. 어쩌면 엄마도 마음속으로 이런 시를 쓰고 있는지도 모르니까.
(2년 오정은)

양지

최재형

양지쪽에 앉으면

인생이 행결 따뜻해 온다.

어렸을 때 헐벗고 배고파도

항상 즐겁던 양지

나는 혼자

오랫동안 그늘로 쫓기어 왔다.

여수(旅愁)는 절로

녹아 나리고

차라리 울 수도 없는

이 막다른 골목에서

눈부신 햇살만이
옛날의 인정이었다.

외로운 이여 오라.
……

와서 잠깐
해바라기 하며
쉬어서 가라.

이렇게
양지쪽에 앉으면
세상이 행결 정다와진다.

음악은 나의 양지

　사람은 누구나 힘든 일을 겪으며 산다. 그럴 때 누가 위로하거나 도와주지 않으면 더 슬프고 서러워진다. 막다른 골목 음지에 있는 것처럼. 나는 음악을 들으며 힘든 몸과 울적한 기분을 푼다. 평소 눈에 띄지 않던 가사들이 어떤 때는 꼭 내 것인 것만 같다. 그렇게 나는 음악을 듣고 느끼면서 우울했던 기분을 조금씩 풀어낸다. 그렇다, 음악이 나의 양지이다. 음악이라는 양지에 앉아 햇볕을 쬐인다. 그러면 내게 적인 것 같던 세상도 정답게 다가온다. 사람은 누구나 기대고 싶은 양지가 있을 것이다. 내겐 음악이라는 양지가 있어 행복하다.
(2년 변성원)

폭풍

정호승

폭풍이 지나가기를
기다리는 일은 옳지 않다

폭풍을 두려워하며
폭풍을 바라보는 일은 더욱 옳지 않다

스스로 폭풍이 되어
머리를 풀고 하늘을 뒤흔드는
저 한 그루 나무를 보라

스스로 폭풍이 되어
폭풍 속을 나는
저 한 마리 새를 보라

은사시나뭇잎 사이로
폭풍이 휘몰아치는 밤이 깊어 갈지라도

폭풍이 지나가기를
기다리는 일은 옳지 않다

폭풍이 지나간 들녘에 핀
한 송이 꽃이 되기를
기다리는 일은 더욱 옳지 않다

스스로 폭풍이 되어
    나는 아무래도 '폭풍이 지나간 들녘에 핀 한 송이 꽃'이 되려고 했던 것 같다. 노력도 하지 않고 뭐가 잘되기만을 바랐다. 나는 소극적이고 살짝 귀차니즘이다. 무슨 어려운 문제가 생기면 무서워서 피하기 일쑤고, 공부도 안 하면서 한가하게 높은 점수만 기대했다. 우리에게 학교나 공부는 얼마나 큰 폭풍인가. 폭풍을 정면으로 뚫고 가는 새, '스스로 폭풍이 되어 하늘을 뒤흔드는 한 그루 나무'는 못 되어도, 최소한 태풍이 지나가기만을 기다리는 소극적인 마음은 버려야겠다.
(2년 윤예은)

셋째마당 · 가족

세상에서 가장 힘센 사람

식구

유병록

매일 함께 하는 식구들 얼굴에서
삼시 세 끼 대하는 밥상머리에 둘러앉아
때마다 비슷한 변변찮은 반찬에서
새로이 찾아내는 맛이 있다

간장에 절인 깻잎 젓가락으로 집는데
두 장이 달라붙어 떨어지지 않아
다시금 놓자니 눈치가 보이고
한번에 먹자 하니 입 속이 먼저 짜고
이러지도 저러지도 못하는데
나머지 한 장을 떼내어 주려고
젓가락 몇 쌍이 한꺼번에 달려든다

이런 게 식구이겠거니

짜지도 싱겁지도 않은

내 식구들의 얼굴이겠거니

밥상머리에 모여

우리 식구의 저녁 풍경을 노래한 시 같다.

우리 식구는 아침 점심은 따로 먹지만, 저녁은 다 같이 먹는다. 그때마다 밥상에 오르는 반찬이 있다. 깻잎김치이다. 나는 그냥 김치보다 깻잎김치를 훨씬 좋아한다. 밥을 싸 먹으면 짭짤하고 맛있다. 우리 식구 중엔 아빠와 내가 깻잎김치를 좋아한다. 그런데 이런 깻잎김치를 먹을 때 종종 두 장이 겹쳐지기도 한다. 그럴 때면 엄마가 말없이 나머지 한 장을 떼어 주시는데, 둘이 눈이 마주치면 서로 씨익 웃는다. 아빠 젓가락이 올라올 때도 있다. 역시 식구는 밥상머리에 모여 '짜지도 싱겁지도 않은' 정을 쌓아 가며 사는 것이다.

(2년 구동현)

엄마

정채봉

꽃은 피었다
말없이 지는데
솔바람은 불었다가
간간이 끊어지는데

맨발로 살며시
운주사 산등성이에 누워 계시는
와불(臥佛)님의 팔을 베고
겨드랑이에 누워
푸른 하늘을 바라본다

엄마…

나쁜 놈!

아침에 엄마와 싸우고 학교에 왔다. 별것도 아니었는데, 아, 짱 나! 엄마가 해준 게 뭐가 있는데, 이러면서 소리를 버럭 질렀다. 학교에 왔는데 정말 기분이 꿀꿀했다. 그러다가 국어 시간에 도서실에서 정채봉 시인이 쓴 '엄마'라는 시를 읽게 되었다.

시를 읽는 순간, 기분이 이상했다. 그렇다. 나는 나쁜 놈인 거다. 이 시인에게는 잔소리를 해줄 엄마도, 꾸짖어 줄 엄마도 없다. 오죽했으면 딱딱한 돌부처 품에 안겨 엄마를 찾았겠는가. 어떤 사람은 엄마가 없어서 이렇게 아파하는데, 나는 엄마에게 짜증이나 내고, 소리나 지르고……정말 싸가지가 없는 놈이다. 돌아서면 후회할 짓을 왜 하나 모르겠다. 오늘은 집에 가서 잘못했다고 반성하고 뒤에서 슬쩍 안아 드려야겠다. 지금도 맨 마지막의 '엄마…'라는 구절이 마음에 남아 있다.

(3년 정민구)

엄마 걱정

기형도

열무 삼십 단을 이고
시장에 간 우리 엄마
안 오시네, 해는 시든 지 오래
나는 찬밥처럼 방에 담겨
아무리 천천히 숙제를 해도
엄마 안 오시네, 배춧잎 같은 발소리 타박타박
안 들리네, 어둡고 무서워
금간 창 틈으로 고요히 빗소리
빈방에 혼자 엎드려 훌쩍거리던

아주 먼 옛날
지금도 내 눈시울을 뜨겁게 하는
그 시절, 내 유년의 윗목

순수했던 시절의 노래
 여섯 살 때인가. 집에 와보니 엄마가 없었다. 그래서 어린 마음에 이불을 뒤집어쓰고 울다가, 무슨 일을 보고 왔다는 엄마를 구박했던 일이 떠오른다. 그때 엄마가 왔을 때의 안도감과 기쁨은 이루 말할 수 없었다. 화자는 쓸쓸하게 엄마를 기다리던 그런 유년을 생각하며 눈물짓는다. 기형도 시인의 삶은 쉽지 않았던 것 같다. 사실 나는 요즈음 엄마가 늦게 들어오기를 은근히 바라는 때가 많다. 엄마를 간절하게 기다리던 그때가 내가 가장 순수했던 시절이었다.
(2년 성유라)

아버지의 마음

김현승

바쁜 사람들도
굳센 사람들도
바람과 같던 사람들도
집에 돌아오면 아버지가 된다.

어린 것들을 위하여
난로에 불을 피우고
그네에 작은 못을 박는 아버지가 된다.

저녁 바람에 문을 닫고
낙엽을 줍는 아버지가 된다.

세상이 시끄러우면
줄에 앉은 참새의 마음으로

아버지는 어린 것들의 앞날을 생각한다.

어린 것들은 아버지의 나라다.―아버지의 동포(同胞)다.

아버지의 눈에는 눈물이 보이지 않으나

아버지가 마시는 술에는 항상

보이지 않는 눈물이 절반이다.

아버지는 가장 외로운 사람이다.

아버지는 비록 영웅이 될 수도 있지만…….

폭탄을 만드는 사람도

감옥을 지키던 사람도

술가게의 문을 닫는 사람도

집에 돌아오면 아버지가 된다.

아버지의 때는 항상 씻김을 받는다.

어린 것들이 간직한 그 깨끗한 피로…….

아빠 고마워요
  한때 매일 아빠랑 싸웠다. 그래서 거의 석 달 동안 인사 외에는 아무 말 없이 지내기도 했다. 그때는 성적 가지고 잔소리한다는 이유로 아빠를 미워하고 무시하고 그랬다. 지금 생각해 보면 조금 철없다는 생각도 든다. 내 미래가 걱정되어서 조금 충고해 준 거 갖고 내 기분대로 화를 냈으니. 내가 봐도 '싸가지'가 없었다. 그런 나의 미운 짓을 받아준 아빠가 너무 고맙다. 아빠에게 좀 더 착한 딸이 돼야겠다.
(2년 안예지)

말하지 않아도

서정홍

이십오 년 전이나 지금이나
아내는 땅콩을 삶아서
못나고 쭈그러진 것을 먼저 골라먹는다.

손에 잡히는 대로 먹으면 되지
꼭 못나고 쭈그러진 것을
먼저 골라먹어야 하냐고 물으면
씩 웃고 만다.

왜 대답은 없고
씩 웃고 마는지
우리 식구들은 다 안다.

엄마는 못 고친다
  이 세상 모든 엄마들의 마음은 똑같을 것이다. 가족 걱정에 당신 생각은 뒷전이다. 그래서 자신도 모르게 땅콩도 못나고 쭈그러진 것을 먼저 골라먹는 것이다. 우리 엄마도 그러시는 편이어서 그럴 때마다 언니와 내가 '엄마 생각도 좀 하시라'고 화 아닌 화를 낸다. 그러나 엄마는 못 고친다. 그런 엄마를 볼 때마다 속상하기도 하고, 마음도 불편하다. 훗날 내가 엄마(아내)가 되면 그렇게는 못할 것 같다. 그래도 꼭 이 세상의 모든 어머니들 사이에 끼고 싶다.
(2년 이지은)

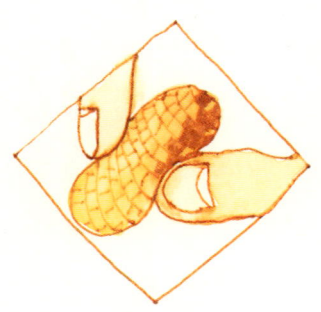

함양 군내버스

조향미

함양 백전 녹색대학 가는 버스는 오십 분 간격이다
버스가 떠나려면 아직 한참이나 남았다
일찍 차에 오르니 할머니만 다섯 먼저 타고 계시다
아는 사람 모르는 사람 노친네들은 서로 거리낌없다
할매는 올해 나이가 몇이오
나는 아직 얼마 안 돼요 칠십서이
아직 젊구마 한참 농사짓겠네
그래도 오만 데가 아푸고 쑤시요 할매는 얼마요
나는 칠십아홉 저 할매하고 동갑이오
칠십셋은 아직 괜찮소 여섯 넘기면 영 힘에 부치요
손수레와 도리깨를 옆에 둔 할머니가 칠십, 제일 젊다
중년 아낙 둘이 상자 보따리를 들고 새로 탔다
저기 뭣이꼬
삼이까

삼은 아인 거 같은데 더 무거버 비는데
젊은 할머니가 호기심을 참지 못한다
새댁이 그기 뭣이요
친정엄마가 싸주는 거라요
아이고, 추석도 하마 지났는데 친정어마씨가 꼭꼭 챙기놨구마
자식들한테 저래 싸주마 맘이 시원하제
하모요, 오목조목 싸주면 묵을 놈이 묵으니께 주는 마음 좋고
싸갖고 가먼 어매가 주는 거니께 묵으면서 좋고 안 그라요
할매는 콩 도리깨를 샀구마 올해는 콩이 질어서 타작 좀 하겠네
콩이 잘 되야제 팥 없이는 살아도 콩 없이는 못 사니께
할머니는 도리깨로 마당 가득 콩타작을 하여
둥글둥글 메주 띄워 간장 된장 청국장 단지 단지 담아
전국 각지 오남매에게 또 오목조목 싸 부칠 것이다
묵을 놈이 묵으니께 주는 마음 시원하제

할머니, 안녕하시지요?

  이 시는 시라기보다는 한 편의 이야기 같다. 그저 자식을 위해서라면 당신 먹을 것까지 다 싸 주시는 할머니—우리 외할머니도 그렇다. 외할머니, 외할아버지만 생각하면 좀 미안하고 죄송스럽다. 솔직히 나도 어렸을 때는 두 분이 계시는 외갓집이 좋아서 명절이나 방학 때면 꼭 다녀왔었다. 그러나 나이가 들면서 슬슬 귀찮아지고, 특히 명절 때면 친구랑 놀고 싶어서 온갖 핑계를 대고 빠졌다. 그 사이 두 분은 많이 늙으셨다. 이 시를 읽는데 '내가 친구들이랑 수다 떨고 집에서 편하게 TV 볼 때, 할머니 할아버지는 우리 먹이시겠다고 밭이며 논에서 허리도 펴지 못하고 일하시겠구나, 그러면서 우리 생각만 하시겠구나.' 이런 생각이 불쑥 들었다. 괜히 마음이 찡했다. 할머니, 할아버지가 생각난 김에 오늘은 내가 먼저 안부전화라도 드려야겠다. 두 분 다 안녕하시지요?
(2년 김세현)

엄마 무릎

임길택

귀이개를 가지고 엄마한테 가면
엄마는 귀찮다 하면서도
햇볕 잘 드는 쪽을 가려 앉아
무릎에 나를 뉘여 줍니다.
그리고선 내 귓바퀴를 잡아 늘이며
갈그락갈그락 귓밥을 파냅니다.

아이고, 니가 이러니까 말을 안 듣지.
엄마는 들어낸 귓밥을
내 눈앞에 내보입니다.
그리고는
뜯어 놓은 휴지 조각에 귓밥을 털어 놓고
다시 귓속을 간질입니다.

고개를 돌려 누울 때에

나는 다시 엄마 무릎내를 맡습니다.

스르르 잠결에 빠져듭니다.

무릎내

내가 태어나자마자 아빠랑 엄마가 이혼을 하셔서 나는 엄마를 모르고 자랐다. 좀 커서 다른 애들은 다 엄마가 있는데 왜 나는 없냐고 물으니 "어디 가셨다"고 했다. 그래서 엄마가 어딘가에 있는 줄은 알았다. 엄마를 일곱 살과 아홉 살 때 만났는데 그 뒤로 또 소식이 끊겼다. 이 시는 초등학교 책에서 처음 보았다. 슬프지는 않았는데, 자꾸 눈물이 났다. 나는 엄마의 무릎내를 맡아 본 적도, 그 무릎을 베고 누워 본 적도 없지만…… 참 따뜻하고 포근할 것 같다.
(2년 이충희)

겨울 강가에서

안도현

어린 눈발들이, 다른 데도 아니고
강물 속으로 뛰어내리는 것이
그리하여 형체도 없이 녹아 내리는 것이
강은,
안타까웠던 것이다
그래서 눈발이 물 위에 닿기 전에
몸을 바꿔 흐르려고
이리저리 자꾸 뒤척였는데
그때마다 세찬 강물소리가 났던 것이다
그런 줄도 모르고
계속 철없이 철없이 눈은 내려,
강은,
어젯밤부터
눈을 제 몸으로 받으려고
강의 가장자리부터 살얼음을 깔기 시작한 것이었다

엄마도 강과 같아서

5월 22일. 엄마한테 성적표를 보여 주었다. 예상했던 대로 엄청 화를 내셨다. 30분간 논스톱으로 잔소리를 듣고 있으니까 화가 났다. 내가 놀면서 공부한 것도 아니고, 나름 최선을 다한 것인데 어쩌란 말인가. 그래서 버럭 소리를 질렀다. "아, 젠장, 그래, 내 인생 망쳤어. 그러니까 우진(내 동생)이나 국제중에 보내고 내 일에는 상관하지 마!"

그랬더니 엄마가 막 울기 시작했다.

"네가 1학년 때처럼 시험 망치고 스스로 실망할까 봐 엄마는 얼마나 가슴 졸이며 사는데…… 너 기분 좋게 하느라, 너 기분 살피느라 엄마가 얼마나 참으며 사는데……."

엄마는 이렇게 노력하셨다지만, 어쨌거나 나는 또 시험을 망쳤다. 그날 이 시를 읽는데 이런 생각이 들었다. ─엄마가 강이 아닐까? 강으로 떨어져 형체도 없이 녹는 어린 눈발이 안타까워, 눈을 제 몸으로 받으려고 가장자리부터 살얼음을 까는. 잠도 못 자고 밤새도록 몸을 뒤채며.

(2년 현진혁)

가난하다는 것은

이상국

―세사 어머이를 이렇게 패는 눔이 어딨너

―돈 내놔, 나가면 될 거 아냐

연탄재 아무렇게나 버려진 좁은 골목 담벼락에다
아들이 어머니를 자꾸 밀어붙인다

―차라리 날 잡아먹어라 이눔아

누가 아들을 떼어내다가 연탄재 위에 쓰러뜨렸는데
어머니가 얼른 그 머리를 감싸안았습니다.

가난하다는 것은 높다라는 뜻입니다.

신 대신 온 사람

 (할 짓이 없고 공부하기 싫을 때는 시 읽고 주저리주저리 감상 쓰는 게 최고다. 그래서 시집을 폈는데, 이 시가 눈에 들어왔다. 가난하다는 것은, 제목이 벌써 눈물겹다.)

 시를 읽는데 가슴이 찌릿찌릿 했다. 어머니를 패는 자식을 누군가 내동댕이쳤는데, 어머니는 그런 자식을 감싸안는다. 누가 엄마만한 마음을 가졌을까. 가난이 높은 것이 아니라 엄마 마음이 높다. 나는 그런 엄마를 한 번이라도 이해하려 한 적이 있는가. 매일 뭐 해달라고 조르기나 하고, 그래서 엄마가 짜증 내면 내가 더 성질 부려 가슴에 못 박힐 말만 하고, 난 진짜 못된 딸이다. 속으로 엄마 욕이나 하고, 말로만 잘할게 잘할게, 하면서 한 번도 실천한 적이 없다. 신이 모든 곳에 있을 수가 없어서 대신 어머니를 보냈다는데, 나는 지옥에 갈지도 모르겠다.
(2년 정다영)

늙은 사내의 시

서정주

내 나이 80이 넘었으니
시를 못쓰는 날은
늙은 내 할망구의 손톱이나 깎어주자.
발톱도 또 이쁘게 깎어주자.
훈장 여편네로 고생살이 하기에
거칠대로 거칠어진 아내 손발의
손톱 발톱이나 이뿌게 깎어주자.
내 시에 나오는 초승달같이
아내 손톱밑에 아직도 떠오르는
초사흘 달 바래보며 마음 달래자.
마음 달래자. 마음 달래자.

공부하기 싫은 날은
　시가 참 재미있다. 80 넘은 할아버지의 아이 같은 모습이 눈에 보이는 것 같다. 나는 누구의 손톱을 깎아 줄까. 나는 '내 늙은 할아범'이 없으니 대신 엄마의 손톱이나 깎아 주자.

내 나이 이팔청춘이 다 되어 가니
공부하기 싫은 날은
잔소리하는 엄마의 손톱이나 깎아 주자.
발톱도 또 이쁘게 깎아 주자.
못난 딸 엄마 노릇하느라
매울 대로 매워진 엄마 손발의
손톱 발톱이나 이쁘게 깎아 주자.
내 꿈에 나오는 초승달같이
엄마 손톱에 아직도 떠오르는
초사흘 달 바라보며 엄마를 조르자.
조금만 쉬자, 조금만 쉬자.
(2년 공혜준)

좋겠다

백창우

끝까지 다
부를 수 있는
노래 몇 개쯤 있었으면
좋겠다

매일
시 한 편씩 들려주는
여자사람 하나 있었으면
좋겠다

하루에
서너 시간밖에 안 가는
예쁜 시계 하나 있었으면
좋겠다

몹시 힘들 때
그저 말없이 나를 안아 재워줄
착한 아기 하나 있었으면
좋겠다

내가 바람을 노래할 때
그 바람 그치기를 기다려
차 한 잔 끓여 줄
고운 사람
하나
있었으면
좋
겠
다

내가 타는 커피가 맛있는 이유
 엄마와 아빠는 식사 후에 내가 타는 커피가 가장 맛있다고 하신다. 그래서 난 꼭 빠뜨리지 않고 '차 접대'를 한다. 이 시를 읽고 나니, 엄마 아빠는 내가 끓인 커피가 맛있어서라기보다는 '누가 날 위해 타 주는 커피'로서 좋아하셨던 것 같다. 그래도 내 커피 한 잔이 누군가에게 기쁨과 위로가 된다는 것은 참 감사한 일이다.
(2년 이은주)

넷째마당 · 사랑, 그리움

내 그리운 이들이여

우체국 계단에 앉아

김인자

화사한 봄날
오래된 통장을 정리하기 위해
우체국에 갔다 언제부턴가
제비그림의 인줏빛 우체국이
그리운 사람에게
편지를 부치러 가는 곳이 아니라
잔고가 얼마나 남았는지를
확인하러 가는 곳이 되었을까

낡은 통장을 창구에 들이밀다가
나는 문득, 삶이 쓸쓸해져서
우체국 계단에 쭈그리고 앉아
누런 포장지에 싸인 소포와 항공편지를
어디론가 부치고 가는 사람들을 구경하고 있다.

그동안 받기만 하여서
부치는 것을 잊어버린 먼 그리움에 목이 말라
수첩을 꺼내 주소를 찾아보지만
내 낡은 수첩은 어느새
많은 이름들을 지우고 있었다

팬지꽃이 노랗게 웃고 있는
우체국 계단에 기대서서
희미해진 이름들을 떠올린다
미국에도 있고 호주에도 있는,

몇 장의 엽서를 손에 쥔 나는
살아있는 한 잊어서는 안 되는
소중한 이름들을 되찾은 반가움으로
우체국 계단을 내려선다
봄바람이 아니면 아무도 가르쳐 주지 않았을
내 기억의 소중한 이름들을

수첩에서 지워진 이름

시간은 금방이다. 겨우 중2인 나도 어떻게 시간이 이렇게 빨리 갔는지 모르겠다.

초등학교 때 친구들 중에 이름을 까먹은 애들이 수두룩하다. 진짜 엽서라도 주고받지 않으면 앞으로 더 많은 이름과 얼굴을 까먹을 것이다. 시를 읽으면서 '부치는 것을 잊어버린 먼 그리움에 목이 말라/ 수첩을 꺼내 주소를 찾아보지만/ 내 낡은 수첩은 어느새/ 많은 이름들을 지우고 있었다'에 밑줄을 친다.

(2년 김유민)

낙엽

유치환

너의 추억을 나는 이렇게 쓸고 있다.

짝사랑
　작년 일 학년 때 우리반의 한 여자애를 좋아했다.
　그 애를 좋아하고부터 나는 학교 가는 것도, 공부하는 것도 즐거웠다. 하지만, 2학년 올라오면서 각각 다른 반이 되었다. 그 애는 지금 나를 까맣게 잊은 듯 지나친다. 다른 남자애랑 웃고 뛰어다니며 거리낌이 없다. 그렇지만 난 아직도 그 애를 좋아하고 있다.
　시인이 낙엽의 추억을 쓸고 있듯 나는 그 애와의 추억을 이렇게 쓸고 있다.
(2년 이주영)

별이 되었으면 해

강문숙

난 네게로 가서
별이 되었으면 해.
너무 화려한 불빛을 지나서
너무 근엄한 얼굴을 지나서
빛나는 어둠이 배경인
네 속에 반듯하게 박혔으면 해.

텅 빈 네 휘파람 소리
푸른 저녁을 감싸는 노래
그러나 가끔씩은 울고 싶은
네 마음이었으면 해.

그리운 네게로 가서
별이 되었으면 해.

자주 설움 타는 네 잠

속, 너무 눈부시게는 말고

너무 꽉 차게도 말고

네 죽을 때에야 가만히 눈감는

별이 되었으면 해.

그리운 네게로 가서
  얼마나 그리운 사람이면 그 가슴에 별이 되고 싶었을까. 나는 이 시를 읽으면서 단짝 친구 은지를 떠올렸다. 만난 지 3년째, 우리는 가끔 이런 말을 하곤 한다. ―왜 이제야 서로 알게 된 걸까. 나도 항상 은지와 붙어 다니고 싶은 마음이기 때문에, 화자의 심정을 어느 정도는 이해할 수 있다. 누군가를 진정 아낀다면, 항상 그의 곁 가까이에서 밤새 도란거리고 싶은 마음을 누구라도 한 번쯤은 가져 보지 않았을까?
(2년 최고은)

모란이 피기까지는

김영랑

모란이 피기까지는
나는 아직 나의 봄을 기다리고 있을 테요
모란이 뚝뚝 떨어져 버린 날
나는 비로소 봄을 여읜 설움에 잠길 테요
오월 어느 날 그 하루 무덥던 날
떨어져 누운 꽃잎마저 시들어 버리고는
천지에 모란은 자취도 없어지고
뻗쳐 오르던 내 보람 서운케 무너졌느니
모란이 지고 말면 그뿐 내 한 해는 다 가고 말아
삼백예순 날 하냥 섭섭해 우옵네다
모란이 피기까지는
나는 아직 기다리고 있을 테요 찬란한 슬픔의 봄을

기다림은 기다림을 낳는다

　모란꽃이 활짝 피었다가 졌다. 시인은 모란꽃을 참 좋아했나 보다. 뚝뚝 떨어진 꽃잎을 보며 설움에 잠겨 다시 내년 봄을 기다린다. 찬란한 슬픔의 봄을.
　기다림이란 단어는 행복하면서도 슬프다. 나도 무엇을 기다리고, 누군가를 기다린 적이 있다. 1학년 때는 2학년이 되기를 기다렸고, 혼자 어둔 방에서 돌아오지 않는 엄마를 기다리기도 했다. 기다리는 일은 또 다른 기다림을 낳는다. 어쩌면 우리는 기다림, 슬픔 이런 말과 함께 세상을 사는 것인지도 모른다.
(2년 엄인경)

친구가 되기 위해서

허명희

도토리도 딱딱한 껍질을 벗어야
말랑말랑한 맛나는 묵이 되는 거야.
밤도 가시 옷을 벗어야
겨울 군밤이 되어
사람들의 마음을 데워놓는 거야.
호두를 봐.
딱딱한 껍질 속에 오글오글
모여 앉은 고소한 속살

너랑나랑 친구가 되기 위해서도
이런 껍질을 벗어야 돼.
그래야 따뜻한 마음이 나와
손을 잡게 되지.

친구를 사귀려면

　사람은 겉으로만 판단해서도 안 되고, 서로 사귈 때는 마음을 열어야 한다. 그런데 그게 참 어렵다. 친구들 말로는 중학교 1학년 때 나와 친구하기가 어려웠다고 한다. 왜 그러냐고 물었더니, 항상 내가 정색을 하고 있어서 무서웠다고 한다. 사실 그때 나는 아이들과 친구하고 싶어서 누구와 어떻게 말을 걸까 속으로 끙끙 앓고 있었다. 그러다가 점차 이야기도 하고 농담도 하면서 서로의 마음을 이해하는 친구가 되었다. 친구를 사귀기 위해서는 껍질을 벗고 마음을 여는 일이 중요하다.
(2년 장하나)

동창

천상병

지금은 다 뭣들을 하고 있을까?
지금은 얼마나 출세를 했을까?
지금은 어디를 걷고 있을까?

점심을 먹고 있을까?
지금은 이사관이 됐을까?
지금은 가로수 밑을 걷고 있을까?

나는 지금 걷고 있지만,
굶주려서 배에서 무슨 소리가 나지마는
그들은 다 무엇들을 하고 있을까?

다들 무엇을 하고 있을까

　나는 5학년 때 목동아파트로 이사를 왔다. 전에 살던 동네에는 친구들이 많았다. 하지만 얼마 전까지 나는 그 친구들을 잊고 살았다. 그런데 요즘엔 부쩍 친구들이 생각난다. 내가 이렇게 공부에 시달리고 있는 사이에, 이렇게 시를 보면서 옛 생각을 하는 사이에 친구들은 무엇을 하고 있을까.
　'나는 지금 걷고 있지만/ 굶주려서 배에서 무슨 소리가 나지마는/ 그들은 다 무엇들을 하고 있을까?' 시인의 마음을 조금은 알 것 같다.
(2년 한수민)

우울해지는 이유

원태연

잊으려는 고통보다
잊혀지는 슬픔이
더 크기 때문에.

우울, 그 이상의 것

  요즘 우울한 일이 너무 많다. 내가 호감을 느끼고 있는 여자애가 있는데, 그 여자애의 친구가 자꾸 나보고 포기하란다. 자기가 알아보니 날 그저 친구로만 여길 뿐이란다. 괘씸하다. 지금은 친구지만 더 발전할 수 있는 것 아닌가. 그러나 한편으로, 그 애를 포기해야 할지도 모른다고 생각하니 너무 힘들었다. 그 생각만으로도 이렇게 힘든데, 내가 그 애에게서 지워진다면 얼마나 가슴이 미어질까. 시에서는 잊혀지는 슬픔 때문에 우울하다고 했지만, 아니다. 이건 우울 그 이상의 것이다.
(2년 윤형철)

님의 침묵

한용운

님은 갔습니다. 아아 사랑하는 나의 님은 갔습니다.
푸른 산빛을 깨치고 단풍나무 숲을 향하여 난 작은 길을 걸어서 차마 떨치고 갔습니다.
황금의 꽃같이 굳고 빛나던 옛 맹세는 차디찬 티끌이 되어 한숨의 미풍에 날아갔습니다.
날카로운 첫 키스의 추억은 나의 운명의 지침을 돌려놓고 뒷걸음쳐서 사라졌습니다.
나는 향기로운 님의 말소리에 귀먹고 꽃다운 님의 얼굴에 눈멀었습니다.
사랑도 사람의 일이라 만날 때에 미리 떠날 것을 염려하고 경계하지 아니한 것은 아니지만, 이별은 뜻밖의 일이 되고 놀란 가슴은 새로운 슬픔에 터집니다.
그러나 이별을 쓸데없는 눈물의 원천으로 만들고 마는 것은 스스로 사랑을 깨치는 것인 줄 아는 까닭에 걷잡을 수 없는 슬픔의 힘을 옮겨서 새 희망의 정수박이에 들어부었습니다.

우리는 만날 때에 떠날 것을 염려하는 것과 같이 떠날 때에 다시 만날 것을 믿습니다.

아아, 님은 갔지마는 나는 님을 보내지 아니하였습니다.

제 곡조를 못 이기는 사랑의 노래는 님의 침묵을 휩싸고 돕니다.

"그를 이렇게 보낼 수는 없습니다"

노무현 대통령이 얼마 전 돌아가셨다. 평소 아빠 말씀 때문이기도 하겠지만, 나는 노무현 대통령이 참 좋았다. 친근하고, 무서운 권위 같은 것도 없고, 가난한 사람들을 위해 애를 쓰셨다. 아빠 말씀에 따르면 정치를 뛰어나게 잘한 것은 아니라고 한다. 하지만 대통령을 하다가 퇴임해서 농부가 된 것은 참 멋져 보였다. 아빠가 언제 한번 봉하마을에 가 보자고 하셨는데 이제는 가도 볼 수 없게 되었다.

어제 '님의 침묵'을 읽는데 문득 노무현 대통령이 떠올랐다. 〈복종〉이라는 시에서 '님'은 조국이나 연인, 어떤 진리로 해석할 수 있다고 배웠다. 그런데도 노무현 대통령이 떠오른 것은 수많은 추모 인파와 그 눈물 때문이다. 장례행렬 속에서 '그를 이렇게 보낼 수는 없습니다'라는 피켓을 들고 우는 사람도 있었다.

―아아, 님은 갔지마는 나는 님을 보내지 아니하였습니다.

한용운 님도 없어진 조국 앞에서 이런 마음이었을까. 노무현 대통령이 하늘나라에서 편하셨으면 좋겠다.

(2년 장선유)

넷째마당·사랑, 그리움

갈대밭에는

이지산

나 혼자
저 혼자

혼자서는 혼자서
살 수 없어서

혼자서 이렇게
모여 삽니다.

바람이 잔잔한
갈대밭을 가 보셔요.

혼자서는 혼자가
놀 수 없어서

혼자가 그렇게

모여 삽니다.

혼자가 그렇게 모여

　책장 깊숙이 짱박혀 있던 어린이 낭송시집. 초등학교 입학 무렵 읽었던, 크레파스로 마구 낙서까지 되어 있는 시집, 표지를 펼치고 한 장 넘기면 제일 처음으로 나와 있는 시. 이 시를 읽으면 읽을수록 옛 친구가 생각난다. 남들이 흔히 말하는 그런 '친구' 말고 진짜 친구. 같이 꽃도 따먹고, 벌도 같이 받고, 밥도 같이 먹었는데, 4학년 때 이사를 가서 이젠 나 혼자다. 혼자서는 살 수도, 놀 수도 없다. 혼자서는 모여서 살아야 하는데, 시집 표지 위에 삐뚤빼뚤 써진 글씨 "이젠 울지 마, 나영아.……"
　아직도 난 너와 도장 찍고 복사까지 했던 그 약속 지키고 있는데.
(2년 양나영)

네가 가던 그날은

김춘수

네가 가던 그날은
나의 가슴이
가녀린 풀잎처럼 설레이었다

하늘은 그린 듯이 더욱 푸르고
네가 가던 그날은
가을이 가지 끝에 울고 있었다

구름이 졸고 있는
산마루에
단풍잎 발갛게 타며 있었다

네가 가던 그날은
나의 가슴이

부질없는 눈물에

젖어 있었다

그날 운 것은

3년 전의 내가 이 시 같았다.

잘 지내던 여자 친구가 어느 날 난데없이 외국에 갈 거라고 했다. 내가 "언제나 함께 있어 줄게"라고 문자를 보내면 늘 "ㅋㅋ"라고 답장을 보내던 아이였다. 난 그 애를 진짜 좋아했지만, 뭘 어떻게 할 수가 없었다. 일주일 후, 나는 엄마 몰래 공항으로 갔다. 학원 빼먹고 묻고 물어서 찾아갔는데, 이미 비행기가 떠난 뒤였다. 영화에서 자주 볼 수 있는 공항의 이별 키스 같은 것은 절대 현실이 아니라는 것을 그때 깨달았다. 배고프고 허탈해서 공항 밖으로 나왔는데, 10월 가을 하늘이 새파랬다. 그 하늘을 보자, 가슴 깊은 곳에서 어떤 슬픔 같은 것이 찔끔찔끔 나왔다. 공항 벤치에 앉아서 그 애한테 온 마지막 문자메시지를 보았다. "미안해. 사랑해." 주위를 둘러보니 빨갛고 누런 낙엽들이 여기저기 흩날리고 있었다. 시인은 '가을이 나뭇가지 끝에서 울었다'고 했지만, 그날 운 것은 나였다.

(2년 구교민)

산에 가면

조운

산에 가면
나는 좋더라

바다에 가면
나는 좋더라

님하고 가면
더 좋을네라만!

좋은 것일수록 함께해야

 일요일인데 왠지 기분이 영 찜찜했다. 그 이유를 가만히 생각해 봤다. 게임을 안 해서 그런가? 숙제를 안 한 게 있나? 아무리 생각해 봐도 모르겠다. 그런 중에 다음 날 준비물을 사러 나왔다가 친한 친구를 만났다. 그 애랑 한참 떠들고 웃고 그러다가 헤어져 집으로 왔는데 그 찜찜한 기분이 어느새 사라져 있었다. 그제서야 찜찜함의 이유를 알 것 같았다. 혼자는 쓸쓸하고 불완전하다. '함께' 해야 빈틈이 채워진다. 좋은 것이 더 좋아진다. 그것이 님이라면 더 바랄 것도 없겠지만.
(2년 기강인)

당신

서정춘

당신, 돌을 던져서 쫓아버릴 수 없고

당신, 칼로 베혀서 저버릴 수 없다

차마, 사랑은 물로 된 육체더라

여친 이야기 2탄
 지금 여친하고는 한 번 헤어졌다가 다시 사귀는 중이다. 그 애가 날 더 이상 안 좋아하는 것 같아서 수련회 끝나고 헤어지자고 말했었다. 그동안 속앓이를 많이 해서 살짝 후련(?)한 마음도 있었다. 그러나 '사랑은 물로 된 육체더라.' 그 애 없이는 나란 사람이 존재할 수 없다는 생각이 들었다. 결국 미안하다고 사과하고 다시 사귀는 중이다. 당신, 칼로 베혀서 저버릴 수 없다!
(2년 임태식)

다섯째마당 · 여유

유쾌한 반란

주인공

정현스님

주인공아!
네!
밥 먹었느냐?
네!
배가 부르느냐?
네!
차 한 잔 들거라.
네!
꽃 지는 것을 서러워 말아라.
영근 열매다.

주인공들아, 힘 내라

　승언이랑 과학 시험을 보러 가다가 벽에 걸린 이 시를 봤다. 시를 읽다가 나도 모르게 대답을 할 뻔했다.
　규원아, 네!
　밥 먹었느냐? 네!
　배가 부르느냐? 네!
　물 한 잔 마셔라. 네!
　지금 힘든 것 서러워 말아라, 곧 방학이 온다.
　호호호. 엄청난 감동이 오는 것은 아니지만, 시원하고 재미가 있다. 살면서 내 인생이 괴로울 때마다, 주인공아, 네 하면서 스스로 묻고 답하면 힘이 날 것 같다. 그래, 나는 주인공이다. 꽃 지는 것 서러워하지 말자. 영근 열매가 기다리고 있다. 힘든 일 뒤에는 반드시 좋은 일이 있을 것이다.
(2년 정규원)

이 바쁜 때 웬 설사

김용택

소낙비는 오지요
소는 뛰지요
바작에 풀은 허물어지지요
설사는 났지요
허리끈은 안 풀어지지요
들판에 사람들은 많지요

그 사람은 똥을 쌌을까?

　이 시를 읽고 한참 웃었다. 비는 오지, 앞에 가는 소는 뛰지, 지게에 얹은 풀(소꼴)은 허물어지지, 설사는 나오지, 들에 사람은 많지. 나도 이런 최악의 상황을 겪는 때가 종종 있다. 배는 아픈데, 집으로 올라가는 엘리베이터는 그날따라 너무 느리고, 집 비밀번호는 계속 틀리고, 간신히 열고 들어갔더니 동생이 화장실에 있고. 일이 꼬일 때는 꼭 이렇게 된다. 그나저나 그 사람은 어떻게 됐을까. 그냥 바지에 쌌을까.
(2년 정욱진)

파안

고재종

마을 주막에 나가서
단돈 오천 원 내놓으니
소주 세 병에
두부찌개 한 냄비

쭈그렁 노인들 다섯이
그것 나눠 자시고
모두들 볼그족족한 얼굴로

허허허
허허허
큰 대접 받았네그려!

진짜 큰 대접

    단돈 오천 원어치, 소주 세 병, 두부찌개 한 냄비에도 만족하고 감사하는 할아버지들의 모습이 정겹고 평화롭다. 허허허 웃음소리가 들리는 것 같다. 그나저나 내가 수학 30점 맞고도 "허허허 큰 대접 받았네그려" 할 수 있는 날은 안 올까. 언젠가 오겠지?
(2년 조준희)

똥구멍 새까만 놈

심호택

대엿 살 철부지 때
할아버지께 붓글씨 배웠지요
종이 귀할 때라 마분지에다
한일자 열십자 수월찮이 그렸지요
종이에 흰 구석 남긴 날
그분께서 꾸짖으시기를
듣거라
최생원네 손자 공부하는 법이니라
연필로 먼저 쓰고 그 위에
철필로 다시 쓰고 그 위에
또다시 붓으로 빽빽이 써서
그 종이에 허연 데 도무지 아니 보이구서야
뒷간으로 보내느니라—
눈물 그렁그렁

꿇어앉아 그 말씀 들으면서

나는 속으로 부아통이 터졌지요 그래

징게맹경 어딘가에 최생원네 손자란 놈

제아무리 잘났어도

똥구멍 새까만 놈일 거라 생각했지요

놀라운 옛 사람들의 공부법

　두세 번 거듭 읽어 보니 시가 은근히 재미있다. 요즘말로 전형적인 '엄친아' 이야기 아닌가. 내가 시험을 망칠 때마다 엄마 하시는 말씀, "엄마 친구 선생님 아들은 전교 10등이라는데……" "규영이는(나랑 동갑인 사촌. 시험 때마다 평균 98을 받는단다.) 전교 5등 했단다." 그럴 때마다 지은 죄가 있어 입을 다물고 있지만, 속으로는 저절로 욕이 나온다. '아마 그런 애들은 다~아 공부만 하는 찌질이일걸.' 할아버지에게 혼나면서 '똥구멍 새까만 놈'을 욕한 화자도 그랬을 것이다. 그러나 연필로 먼저 쓰고, 다시 철필로 쓰고, 그 위에 붓으로 쓴 뒤에야 버리는 (그것도 화장지로) 옛사람들 공부법은 진짜 존경스럽다.
(2년 정은수)

마빡맞기

박상욱

한 대 맞으면

눈물 나오고

두 대 맞으면

코피 나오고

세 대 맞으면

별이 보이고

네 대 맞으면

눈에 뵈는 게 없다

진짜 눈에 뵈는 게 없다

 이 시를 보자마자 뿅~갔다. 우리 반에서도 3, 4월에 마빡맞기가 유행했다. 이거 아주 죽인다. 특히 류아무개 군의 철무쇠수퍼특급 딱밤 한 대 맞으면 진짜 눈에 뵈는 게 없다. 영혼이 빠져나간 것처럼 이마가 휑하고 아무 생각이 안 든다. 한번은 이 인간한테 걸려서 철무쇠 딱밤을 일곱 대나 맞았다. 그냥 죽었다. 일주일 동안 멍이 가시질 않았고, 엎드려 잘 수도 없었다. 그래도 마빡맞기는 재미있다.
(2년 윤희승)

형님

김지하

희고 고운 실빛살
청포잎에 보실거릴 땐 오시구려
마누라 몰래 한바탕
비받이 양푼갓에 한바탕 벌여놓고
도도리장단 좋아 헛맹세랑 우라질 것
보릿대춤이나 춥시다요
시름 지친 잔주름살 환히 펴고요 형님
있는 놈만 논답디까
사람은 매한가지
도동동당동
우라질 것 놉시다요
지지리도 못생긴 가난뱅이 끼리끼리.

도동동당동, 이 흥겨운 가락

이 시를 읽다 보니 나도 모르게 박자에 맞춰 읽고 있다. 도동동당동—

이 시의 흥겨운 가락에는 어떤 한풀이 같은 것이 느껴진다. —있는 놈만 논답디까/ 사람은 매한가지/ 도동동당동/ 우라질 것 놉시다요/ 지지리도 못생긴 가난뱅이 끼리끼리…

나도 쌓인 것이 많은 것일까. 시를 읽으니 마음이 편안하고 시원하다.

(2년 유수진)

복종

곽재구

밥을 먹다가
바로 앞 당신 생각으로
밥알 몇 개를 흘렸답니다
왜 흘려요?
당신이 내게 물었지요
난 속으로 가만히 대답했답니다
당신이 주워 먹으라 하신다면 얼른
주워 먹으려구요

엄마가 아시면?
좋아하는 모델이 생겼다.
김아무개라고 아시아태평양모델대회에서 2등을 했다. 키도 크고 정말 예쁘다. 그냥 복종하고 싶다. 내가 흘린 밥알뿐이겠는가. 그가 흘린 거라도 주워 먹을 수 있다. 며칠 전 그녀랑 싸이에서 일촌을 맺었다. 완전 좋다. ㅎㅎ. 엄마가 아시면? 배반감을 느끼실지도 모르겠다.
(2년 양희도)

아, 여름이 좋다

임종길

에어콘,
선풍기가 없어도
마냥 신이 났던
그런 시절이 있었지요.
그런 추억이 있었지요.

날이 더워서 더운 게 아니고

날이 점점 더워지고 있다.

여름이 진짜 너무 더워졌다. 작년에는 새로 산 에어컨 덕분에 조금 시원하게 지냈다. 에어컨이 없던 초딩 시절에는 어떻게 버텼을까. 가만히 생각해 보니 지금이 초등학교 때보다 더워진 이유가 몇 개 있다. 일단 지구온난화(뭐 당연한 거고, 피부에 안 와 닿는 말이니까 빼도록 하자)가 근본 이유겠지만, 우리 집 위치도 문제가 있다. 아파트로 완전 둘러싸여 바람이 부는 날이 없다. 또 하나는 우리가 더위를 느낄 시간이 많아졌다는 것이다. 이게 뭔 소리인가. 시처럼, 초딩 때는 뛰어노느라 날이 더워도 더운 줄을 몰랐다. 하루하루가 살아있다고나 해야 할까. 우리는 이제 뛰어놀지 못한다. 학원을 가거나 공부를 하거나 아니면 게임을 하거나 앉아 있는 시간이 몇 배로 많아졌다. 가만히 앉아 있으면 더 덥다. 따져 보니 더위는 사람이 만드는 것 같다.

(2년 김재영)

우는 아인 바보야

신천희

잘못을 저질러
종아리 맞을 때마다

정말 아프게
때리는 아빠보다

힐끔힐끔
웃음을 감추는 누나가
더 밉다

내 눈에
눈물이 나왔나 안 나왔나

괜히 왔다갔다 하며
곁눈질하는
누나가 더 얄밉다

동생 혼나는 날
 크하하하… 아 너무 웃겨! 꼭 나와 내 동생을 보며 쓴 시 같다. 나는 한동안 해외에 있었기 때문에 동생과 내내 떨어져 있었다. 그래서인지 더 정이 가는 것 같다. 우리 남매는 친할 때는 엄청 친하고, 싸울 땐 크게 싸운다. 싸우다가 금방 친해지고, 친했다가 또 금방 싸운다. 두 달 전인가, 동생이 아빠한테 크게 혼난 적이 있는데, 나는 잽싸게 안방으로 뛰어 들어가 배꼽 빠지게 웃었다. 와하하하. 내가 혼나는 날엔 아마 동생도 그랬을 것이다.
(2년 이일한)

추억

이원진

추억이란

지나기 전엔 돌덩이

지나고 나면 금덩이

학원, 데끼 요놈!
  추억은 지나고 나면 금덩이라는데, 나는 별 추억이 없는 것 같다. 방학 때 친구들이랑 낚시도 가고, 자전거 여행도 하고, 하다못해 옥상에서 삼겹살이라도 구워 먹고 싶은데, 애들이 시간이 없단다. 녀석들이 꿈이 없고 로망도 없다. 하긴 애들을 원망할 것이 아니다. 이게 다 학원 때문이다. 공부에 시달리니까 시간만 나면 게임에 매달려 사는 것이다.
(2년 기강인)

시인이란

서정홍

시인이란
쉬운 걸
어렵게 쓰는 사람이 아니라
어려운 걸
쉽게 쓰는 사람이다.

진짜일수록 쉽다
 시인은 진짜 힘들 것이다. 쉬운 걸 어렵게 쓰는 것보다 어려운 걸 쉽게 쓰는 것이 더 어렵기 때문이다. 완전히 알아야 쉽게 쓸 수 있다. 그런 시가 더 친근하고 좋다. 친구들만 봐도 그렇다. 내가 어려운 문제를 가르쳐 달라고 하면 진짜 실력 있는 친구는 나를 생각해서 쉽게 설명해 준다. 그런 친구에겐 믿음이 간다. 어렵게 설명하는 놈은 괜히 잘난 척하는 것 같다. (2년 정해성)

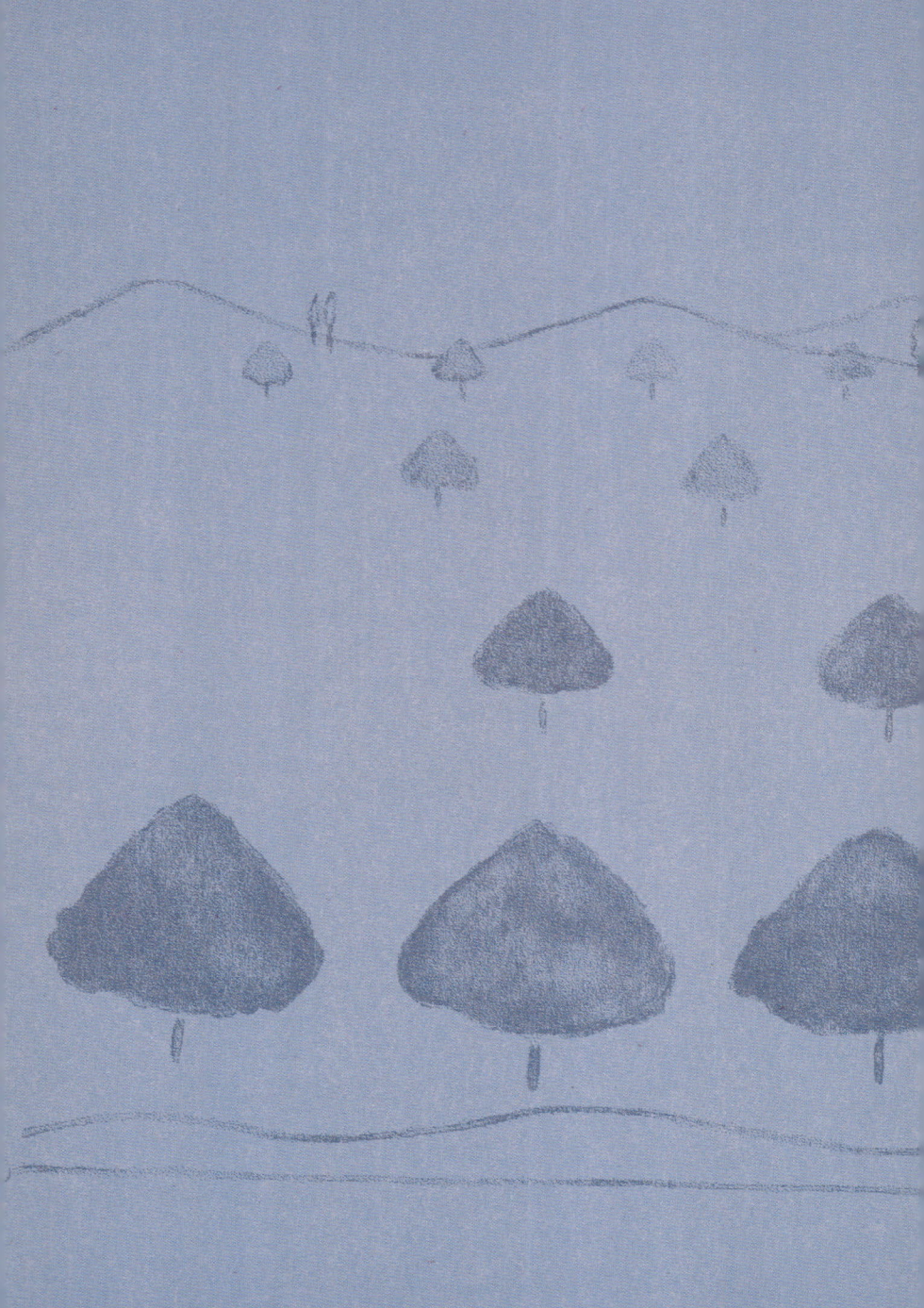

여섯째마당 · 삶과 사회

세상을 살피다

바퀴―속도에 관한 명상 5

반칠환

우리는 너 나 없이 세상을 굴러먹고 다닌다
아버님, 오늘은 어디서 굴러먹다 오셨나요
아들아, 너는 어디서 굴러먹다 이리 늦었느냐
여보, 요즘은 굴러먹기도 예전 같지 않아요
이거, 어디서 굴러먹다 온 뼈다귀야

바퀴를 타자 우리 모두 후레자식이 되어 버렸다

후레자식이 되기 싫다면

바퀴가 없으면 살지 못하는 세상이다. 소달구지로 시작해서 자전거, 버스, 택시, 기차까지. 소달구지의 바퀴는 어느덧 시속 300㎞의 기차바퀴가 되었다. 이제 우리는 바퀴에게 지배를 당하고 있다. 바퀴는 속도이다. '빨리빨리'만 외치다 보니 옆을 돌아볼 시간도 없다. 우리는 무조건 앞만 보고 달리는 후레자식이 돼 가고 있다. 후레자식이 되기 싫다면 같은 시인이 쓴 이 시를 읽어 보라.

보도블록 틈에 핀 씀바귀꽃 한 포기가 나를 멈추게 한다
어쩌다 서울 하늘을 선회하는 제비 한두 마리가 나를 멈추게 한다
육교 아래 봄볕에 탄 까만 얼굴로 도라지를 다듬는 할머니의 옆모습이 나를 멈추게 한다
굽은 허리로 실업자 아들을 배웅하다 돌아서는 어머니의 뒷모습은 나를 멈추게 한다
나는 언제나 나를 멈추게 한 힘으로 다시 걷는다
─나를 멈추게 하는 것들(전문)
(2년 강유은)

새로운 길

윤동주

내를 건너서 숲으로
고개를 넘어서 마을로

어제도 가고 오늘도 갈
나의 길 새로운 길

민들레가 피고 까치가 날고
아가씨가 지나고 바람이 일고

나의 길은 언제나 새로운 길
오늘도…… 내일도……

내를 건너서 숲으로
고개를 넘어서 마을로

오늘은 어제가 아니다

  항상 가는 길이지만, 늘 똑같지 않다. 생각에 따라 보이는 것도 다르고, 느낌도 다르다. 우리의 하루하루도 그렇다. 정해진 시간에 학교에 가고, 같은 책상에서 수업을 한다. 매일 똑같다, 할 수 있지만 정말 그렇다면 재미없고 지루해서 못 살 것이다. 오늘처럼 우리 반 김재영이 난데없이 1학년 여자후배에게 '사귀자, 4층 층계로 나와 달라'는 쪽지를 받을 수도 있고, 김성준이 다친 손을 또 다칠 수도 있다. 그래서 오늘은 어제가 아니고, 인생은 늘 '새로운 길'인 것이다. 윤동주 시인도 이런 얘길 하고 싶었을 것이다.
(2년 임아현)

민들레와 개나리

서홍관

어떤 엄마가
영재교육 그림책을 펴놓고
아이를 가르치고 있다.
"이건 민들레!" "이건 개나리!"

의자 바로 밑에는
민들레가 피어 있는데,
저기 담장 옆에는
개나리가 피어 있는데.

아카시아 향기를 맡으며
아카시아껌 냄새가 난다고 하는
이야기가 이렇게 시작되었던가?

앞뒤가 뒤바뀐 이야기

필리핀에서 국제학교를 다닐 때는 실물을 먼저 보고 체험한 뒤에 이론을 배웠다. 예를 들어 과학에서 식물을 배운다면, 식물의 꽃이나 잎을 직접 관찰하고, 만져 보고, 해부해 본 뒤에 식물의 각 부분 명칭과 기능을 배웠다. 또 새로운 이론을 배울 때마다 실험을 먼저 했다. 그런데 우리나라에 오니까 실험이나 체험은 뒷전이고 무조건 이론을 먼저 가르치고 외우게 했다. 이해도 잘 안 되고 답답하기 짝이 없다. 진짜 이러다가는 아카시아 향기를 맡으며 아카시아 껌 냄새가 난다고 하는 일이 벌어질지도 모르겠다. 하긴 밤늦게까지 학교와 학원을 오가느라 아카시아 향을 맡을 겨를도 없지만 말이다.
(2년 서유진)

감꽃

김준태

어릴 적엔 떨어지는 감꽃을 셌지
전쟁통엔 죽은 병사들의 머리를 세고
지금은 엄지에 침 발라 돈을 세지
그런데 먼 훗날엔 무엇을 셀까 몰라

나중에 우리는 무엇을 셀까?
 크면서 세상도 변하고 사람도 변한다. 어떻게든 내 것을 확인하면서 살아간다.
 나는 어릴 때 장난감의 개수를 셌고, 초딩 때는 애들이랑 놀면서 같이 노는 애들을 셌다. 지금은 용돈을 따지면서 산다. 나중엔? 잊어버린 친구들의 이름을 세면서 살지도 모른다.
(2년 안동휘)

제주 조랑말

문충성

가짜 총각도 태우고
진짜 신부도 태우고
가짜 처녀도 태우고
가리지 않고 멋지게 차려 입은
신혼부부 선남선녀 태우고 깔깔깔
꿈과 낭만의 제주관광
터벅터벅
돌고 도는 잔디밭이나 돌아다니면 그뿐
천 원 받고 이천 원 받고
이것이 삶이 아니구나
가까이
멀리
두 귀 가득 출렁이는 제주 바다
푸른 물결소리

아, 하늘 이고 파랗게 내달리던 자유의 벌이여
푸른 바람 흔들며 풀 뜯던 삶의 벌이여
고향 잃고
형제 찾아
떠돌 시대조차 잃어버리고
그래 모든 것 잃어버리고
무거운 안장에 등허리 묶이우고
풀 몇 더미 받아 먹고
오늘도
관광객들 태우고 깔깔깔
제주시 용두암 관광지에서
먼 수평선이나 바라보며 덧없이
터벅터벅
고개 숙이고 돌고 도는 관광길이여
힝힝힝 울음조차 잃어버리며
관광객들 사진 찍는 풍경이나 되고

조랑말의 슬픔

 '꿈과 낭만의 제주 관광!' 나도 제주엘 가 봤다. 신혼부부도 많고 수학여행단도 많다. 많은 사람들이 돈을 내고 조랑말을 탄다. 나도 타고 싶어 엄마를 졸랐으나 결국은 타지 못했다. 그때는 진짜 타고 싶었는데, 이 시를 읽고 뜨끔했다. 그때 그 조랑말은 어땠을까. 고향도 친구도 잃고, 그렇게 모든 것을 잃어버리고, 무거운 안장 얹고 풀 몇 더미 받아먹고, 오늘도 관광객 태우고 힝힝힝 수평선이나 바라보며 터벅터벅……조랑말은 살아도 사는 게 아니었을 것이다. 하긴 사람을 위해 희생 당하는 것이 어디 조랑말뿐일까.
(2년 이승언)

완행열차

허영자

급행열차를 놓친 것은 잘된 일이다
조그만 간이역의 늙은 역무원
바람에 흔들리는 노오란 들국화
애틋이 숨어 있는 쓸쓸한 아름다움
하마터면 모를 뻔하였지

완행열차를 탄 것은 잘된 일이다
서러운 종착역은 어둠에 젖어
거기 항시 기다리고 있거니
천천히 아주 천천히
누비듯이 혹은 홈질하듯이
서두름 없는 인생의 기쁨
하마터면 나 모를 뻔하였지

천천히 가야 볼 수 있다.

초등학생 때 학원에 가는 게 참 싫었다. 왜 다녀야 하는지도 모르고 다녔다. 그래서 나중에 엄마가 학원을 다 쉬게 했는데, 처음에는 좀 불안한 마음이 들었다. 그러다가 차츰 책도 읽고 재미있게 놀면서 시간을 보내게 되었다. 학원을 안 다니니까 시간이 참 많아서, 뭘 해도 여유 있게 할 수 있었다. 지금은 내가 필요해서 학교 공부를 하니 공부가 재미있다. 막 급하게 서두를 것만 아니라, 가끔은 나를 천천히 돌아보는 것도 좋은 것 같다. 바쁘게 서둘러서 급행열차를 탔더라면 시에 나오듯 '조그만 간이역의 늙은 역장 얼굴도 못 볼 뻔했고, 바람에 흔들리는 노오란 들국화, 그리고 애틋하게 숨어 있는 쓸쓸한 아름다움'도 발견하지 못했을 것이다. 맞다. 천천히 가야 구석구석 다 보인다.
(2년 유한성)

정든 것끼리 정 붙이고

서정홍

외할머니는
낡은 집 절대 고치지 않고 산다.
누렇게 때 묻은 벽지 그대로
눌어붙은 장판지 그대로
변소 문 삐걱거리는 그대로
다락방에 쥐 몇 마리 들락거리는 그대로
얼마 남지 않은 나날
정든 것끼리 정 붙이고 산다.

외할머니 용돈 봉투

 그저 있는 대로, 생긴 대로 정 붙이고 사는 할머니 모습이 눈에 보이는 것 같다. 정이란 것은 정말 무섭다. 사람과 사람, 사람과 물건 사이에는 항상 끈끈한 정이 대롱대롱 달려 있는 게 보인다. 나는 15년째 개 인형(이름이 멍돌이다)과 정을 붙이고 산다. 오래 돼서 코가 떨어지고 박음질이 터지기도 한다. 그러면, 멍돌아 이리 와라, 해서 코 달아 주고 박음질 해 주면서 목욕도 시켜 준다. 뭐 가끔 새 노트, 새 샤프, 새 필통을 가지고 싶을 때가 없는 것은 아니다. 그러나 손때가 맘에 걸려서 쓰던 것들을 못 버리겠다.

 PS. 나는 외할머니께서 용돈을 넣어 주신, 좀약 냄새 나는 봉투를 못 버리고 찢어질 때까지 쓰고 또 쓴다.
(2년 오수빈)

봄

이성부

기다리지 않아도 오고
기다림마저 잃었을 때에도 너는 온다.
어디 뻘밭 구석이거나
썩은 물 웅덩이 같은 데를 기웃거리다가
한눈 좀 팔고, 싸움도 한판 하고,
지쳐 나자빠져 있다가
다급한 사연 들고 달려간 바람이
흔들어 깨우면
눈 부비며 너는 더디게 온다.
더디게 더디게 마침내 올 것이 온다.
너를 보면 눈부셔
일어나 맞이할 수가 없다.
입을 열어 외치지만 소리는 굳어
나는 아무것도 미리 알릴 수가 없다.

가까스로 두 팔 벌려 껴안아 보는

너, 먼 데서 이기고 돌아온 사람아.

모든 걸 이기고 돌아온 사람

  주말에 창문을 열고 내려다보니, 단지 전체가 꽃 천지이다. 탐스런 목련꽃이 피었고, 아파트 울타리 쪽으로는 개나리가 샛노랗게 피어 있다. 새 학기에 적응한다고 바짝 긴장해서 정신없이 보내는 사이, 벌써 이렇게 사방에 꽃이 핀 것이다. 봄이 왔다는 게 실감났다. 그날 저녁 11시에 학원을 마치고 돌아오는데, 향기로운 꽃냄새가 온 몸을 감쌌다.
  ―기다리지 않아도 오고, 기다림마저 잃었을 때에도 너는 온다. …너, 먼데서 이기고 돌아온 사람아.
  진짜, 봄은 모든 것을 이기고 돌아온 사람 같다.
(2년 양한슬)

어머니의 우리밀 사랑

서정홍

야야, 순님아!
미국산 밀하고 국산 밀하고
어떻게 구분하는지 니 잘 모르제.
쉽다 아이가.
쥐가 들락거리는 창고에 며칠 놓아두면
알 수 있는 기라.
농약과 방부제 범벅인 미국산 밀은
쥐도 안 묵는 기라.
쥐도 안 묵는데 사람이 우찌 무끼고.

진짜 이렇다면 큰일!

　작년에 미국산 쇠고기 수입 때문에 논란이 많았다. 많은 사람들이 촛불을 들고 반발했으나, 결국 문이 열리고 말았다. 아마 밀을 개방할 때도 비슷한 일이 있었을 것이다. 이렇게 밀을 들여오면 농사 하나로 먹고사는 우리는 어떻게 사냐며, 농민들이 울며불며 요청도 하고 시위도 했을 것이다.
　―쥐도 안 묵는데 사람이 우찌 무끼고. 화자의 목소리가 구수한 사투리여서 더 마음에 와 닿고, 안타깝다.
　많은 사람이 이런 시를 읽었으면 좋겠다. 같은 일이 반복되지 말아야 하니까.
(2년 손주리)

나 하나 꽃 피어

조동화

나 하나 꽃 피어
풀밭이 달라지겠냐고
말하지 말아라
네가 꽃 피고 나도 꽃 피면
결국 풀밭이 온통
꽃밭이 되는 것 아니겠느냐

나 하나 물들어
산이 달라지겠느냐고도
말하지 말아라
내가 물들고 너도 물들면
결국 온 산이 활활
타오르는 것 아니겠느냐

나 하나의 힘

최근에 방영중인 CF 한 편이 생각난다.

'당신의 힘으론 지구온난화, 전쟁 문제, 기아 문제를 해결할 수는 없지만, 결식아동의 점심식사는 해결할 수 있습니다.' 나도 월드비전에 기부금을 낸 적이 있다. 그때 친구들이 그랬다. 네가 천 원을 더 낸다고 뭐가 달라지겠냐고. 물론 나만 내면 달라지는 것은 없을 것이다. 그러나 나도 너도 천 원을 더 내면 뭔가 달라질 것이다. 일상생활에도 이런 일은 많다. 내가 청소를 좀 더 한다고 전체가 더 깨끗해질까. 큰 변화는 없다. 그러나 더 더러워지지는 않을 것이며, 너도 나도 청소를 한다면 전체가 반짝반짝 빛이 날 것이다. 시인도 그 이야기를 하고 싶었을 것이다. 비유도 재미있고, '~하는 것 아니겠냐'고 되묻는 마지막 시구도 힘차게 느껴진다.

(2년 이상엽)

곽낙원

고은

물론 낫 놓고 기역자 알 리 없는

황해도 텃골 군역전 부쳐먹는 쌍놈의 집 아낙입니다.

그런 아낙이 제 자식 창수가

대동강 치아포 나루에서 왜놈 한 놈 때려죽이고

물 건너 인천 감리영 옥에 갇히니

초가삼간 다 못질해버리고

옥바라지 객주집 식모살이 침모살이 해가며

차꼬 물린 살인죄 자식 면회 가서

나는 네가 경기감사 한 것보다 더 기쁘다

이렇게 힘찬 말 했습니다.

몇십 년 뒤 여든 살 바라보는 백발노모

중국에 건너와

낙양군관학교 사람들이 생신날 축하하려고

돈 몇 푼씩 걷은 걸 알고

그 돈 미리 받아내어

생신날 단총 두 자루 내놓으며

자네들 걷은 돈으로 샀으니

내 생일 축하의 뜻으로 이 총 쏴

부디 부디 독립운동 이루어주시게

그 뒤 그녀는 여든두 살로 중경땅에서 눈감았습니다.

나라 독립 못 보고 죽는 것 원통하다

이 말이 그녀가 남긴 말 한마디 아니고 무엇입니까.

뭔가 가슴을 뛰게 만드는

오오, 블록버스터처럼 밀려드는 감동이란!

이 시를 읽으면서 여러 번 놀랐는데, 그중 하나가 곽낙원이라는 분이 김구 선생의 어머니라는 사실이다.(시에 나오는 창수가 김구 선생의 어릴 적 이름이다.) 그 어머니의 기개가 높고 놀라웠다. 그런 어머니 덕분에 이 나라를 물려받을 수 있었을 것이다. 또 하나는 이 시의 지은이가 고은이라는 것이다. 굉장히 이름이 높은 시인인데도(그래서 시도 무척 철학적이고 특이할 줄 알았다.) 시가 뜻밖에 술술 읽혔다. 단순한데도 감동은 더 크다. 그리고 뭉클하게 솟아오르는 애국심! 나는 국가니 충성이니 이런 집단성을 강조하는 말에 조금은 거부감이 있었다. 이런데 이 시는 그런 것을 뛰어넘어 뭔가 가슴을 뛰게 만드는 것이 있다. 이 땅을 위해 피와 눈물을 바친 곽낙원 할머니와 같은 분은 꼭 기억해야 한다.

(2년 이희준)

| 후기 |

시가 나를 찾아왔어

생고생 끝에

처음에 시 공책을 시작할 때만 해도 나와 시는 남극과 북극만큼 떨어져 있었고, 만날 일이 절대 없는 그런 관계였다. 또 내 머릿속에는 '시=지루함의 결정체'라는 공식이 성립되어 있었다. 시를 읽고 감상을 쓰는 것은 고통에 가까운 일이었다. 하지만 매주 마음에 와 닿는 시를 찾기 위해 수십, 수백 편의 시를 읽다 보니 어느새 시를 보는 눈이 달라져 있었다. 말로는 설명이 불가능한 재미 같은 것이 느껴졌고, 안도현 시인의 "너는 누구에게 한번이라도 뜨거운 사람이었느냐"는 구절은 내 인생관을 바꿔 놓기도 했다. 원망스럽던 선생님이 고맙게 느껴지기도 했다. 생고생을 하긴 했어도 그 덕에 더 이상 바보가 아닌 시를 사랑하는 소년이 되었다.
—장진우

심장이 두근거리는 일

와, 내가 쓴 손바닥만 한 글이 책에 실려 나온다니, 이거 심장이 두근거리는 일이다.
영화도 미리 알고 보면 재미가 덜하듯 시도 미리 알면 재미가 없다. 내가 지금 처한 상황에서 그 시와 첫 만남을 가졌을 때, 시와 나 사이에서 일어나는 전율, 그 떨림을 맛보는 일—
이게 시를 읽는 즐거움이 아닐까. 생각해 보면 시 공책은 그
런 첫 만남을 기록한 일지였던 것 같다.
—오수빈

내가 자랑스러워 '미칠' 것 같은

사실, 처음엔 시가 워낙 낯설어서 시 옆에 적힌 해설 없이
는 뭐가 뭔지 몰랐다. 시 감상? 당근 못 썼다. 근데 역시 시간
이 해결해 주는 것인가. 시 공책을 쓰면서 시에 대한 낯가림
이 없어졌다고나 할까, 지금은 아주 친숙하다. 가끔 용돈을
모아 시집을 사기도 한다. 푸핫, 사실 시집은 그리 비싸지 않
아서. 올해 3학년이 돼서도 시 공책을 쓰는데, 역시 연륜? 시
해설 없이도 이런저런 감상을 술술 써 내는 내가 자랑스러워
'미칠' 것 같다. 요즘엔 많은 시를 접하기보다는 시 하나를 가
지고 깊게 생각하는 게 좋다. 그래서 엄마한테 선물로 준 시
집이 한쪽만 너덜너덜……. 지금은 도종환 시인의 시를 읽고
있는데 그중 '점'이라는 시가 나를 당긴다. 짧으면서도 강렬
함. 내가 좋아하는 시가 될 것 같은 느낌이다.
—양나영

마음속에 잔잔하게 퍼지는 울림

사실 나는 시보단 소설과 더 친했다. 그런데 시 공책을 쓰
면서 또 다른 세상에 있는 내 모습을 발견할 수 있었다. 시는

시대로 맞이……. 그런 중에 존경하는 시인이 한 분 생겼다. 한용운 시인. 나는 그분의 시 가운데 '사랑하는 까닭'이 좋다. 도대체 이토록 간절한 '임'은 누구일까 상상하는 즐거움……. 그렇다고 아직 모든 시가 다 공감되는 것은 아니다. 다만 처음 시를 읽었을 때 마음속에 잔잔하게 퍼지는 울림을 좋아하는 것일 뿐이다.
—정혜윤

시가 나를 찾아왔어

그러니까 그 나이였어……시가/ 나를 찾아왔어. 몰라. 그게 어디서 왔는지./ 모르겠어. 겨울에서인지 강에서인지./ 언제 어떻게 왔는지 모르겠어./ 아냐. 그건 목소리가 아니었고, 말도/ 아니었으며, 침묵도 아니었어./ 하여간 어떤 길거리에서 나를 부르더군./ 밤의 가지에서./ 갑자기 다른 것들로부터,/ 격렬한 불 속에서 불렀어./ 또는 혼자 돌아오는데 말야/ 그렇게 얼굴 없이 있는 나를/ 그건 건드리더군.……(파블로 네루다의 '詩' 일부)

와, 나랑 비슷해. 그렇다면 후기는 이걸로 대신! 폼 나지 않냐? 뭐 굳이 차이를 든다면 나는 그게 언제 어떻게 내게 왔는지 안다는 것 정도. 시 공책을 쓸 무렵이었고, 난 그때 누군가를 좋아하고 있었거든.
—임태식

내가 변했다

상대 샘은 시를 읽지 않는 인간하고는 연애도 하지 말라고 하셨다. 꼭 그것 때문은 아니지만, 시 공책을 쓰면서 직접 시집을 사고, 시를 골라 읽고 그러면서 문득 내가 변했다는 걸 느꼈다. 나는 잠자기 전에 시를 읽고 잠자리에 들었는데, 그때마다 시가 무슨 말을 거는 것 같았다. 충고도 하고, 격려도 해 주고, 하여튼 그랬다. 특히 슬프거나 우울한 날 시를 읽으면 마음이 편안해졌다. 그 짧은 글 하나가 어떻게 그렇게 사람 마음을 훔쳐 가는지 참 신기하다. 첨엔 그렇게 시가 재미없었는데 말이다. 시가 변한 게 아니라 내가 변한 것 같다.
―이가연

시가 눈에 들어온다

처음에 시 공책을 쓴다고 했을 때는, 기대감에 가득 찬 선생님 때문에 앞에서는 '와 재밌겠다.' 했지만, 속으로는 막막했다. 국어라는 과목도 비호감인데, 시까지 읽으라고? 그런데 시를 계속 읽다 보니, 시가 조금씩 익숙해졌다. 공감되는 내용도 많았다. 그래서 나중에는 자발적으로 시를 읽게 되었다. 작년 수확이라면 시에 대한 거부감이 사라졌다는 것이다. 올해 3학년에 와서도 계속 시 공책을 쓰고 있는데, 작년에는 그냥 넘어갔던 시들이 눈에 들어오는 때가 많다. 참 신기하다. 내가 그동안 많이 성장한 것 같다.
―신주영

인생을 가르쳐 준 릴케

시 공책을 시작한 작년 봄, 나는 약간 혼란을 겪던 때였다. 필리핀에서 돌아온 지 얼마 되지 않아서 학교생활이 서툴고 혼란스러웠다. 그 때문에 스트레스가 많았다. 시 공책을 쓰면서 그런 스트레스를 어느 정도 풀어낼 수 있었다. 시 감상을 쓰는 것은 곧 나에 대해 무언가를 깨닫는 과정이었다. 그런 중에 릴케 시를 읽었다. "인생은 축제와 같은 것, 하루하루를 일어나는 그대로 살아가라" 표지가 예뻐서 산 시집에 들어 있던 '인생'이란 시는, 늘 학업에 시달리며 하루를 쫓기듯 사는 나에게 그러지 않아도 된다고 말해 주었다.
―서유진

산산이 부서진 이름이여

어느 날인가 샘께서 김소월의 '초혼'을 읊어 주셨다. 산산이 부서진 이름이여! 허공중에 헤어진 이름이여, 불러도 주인 없는 이름이여!…… 다른 시를 읽어 주실 때는 몰랐는데, 왜 그 시는 그렇게 강렬하게 꽂히던지. 덕분에 시에 대한 호기심이 빼꼼히 고개를 들게 되었다. 그러면서 시 공책도 발동이 걸렸다.
―최혜지

뭐야, 이거!

아주 동떨어진 곳에 있던 시를 우리 곁으로 끌어다 놓은 것만 해도 시 공책은 큰일을 했다. 그전에는 책을 고를 때 펴 봐서 시집이면 "뭐야 이거"하면서 다시 꽂아 놓았는데, 지금은 바로 덮지 않고 한번 죽 훑어보는 그런 착한 학생이 되었다.^^ 요즘엔, 좀 더 일찍 시와 친해졌으면 좋았을걸 하는 생각을 하기도 한다.
—강유은

생각을 정리하는 법

나는 생각이 참 많다. 그런데 그 생각이 깊다면 좋겠지만, 깊지도 넓지도 못하다. 그래서 생각을 정리하려면 힘이 든다. 그때 도와주는 것이 시이다. 시는 짧은 분량 안에 많은 것을 담는다. 그런 시들을 읽으면서 생각을 정리하는 방법을 배운다. 처음에 '시 공책'을 쓴다고 했을 때는 이해를 못했다. 그냥 수행평가인가보다 했다. 그때 나를 구원한 것이 윤동주의 '서시'였다. 나는 당시 친구들에게 몹쓸 짓을 많이 했던 때라 머릿속이 무지 복잡했다. 그런데 시를 읽으니 생각이 조금씩 다듬어지는 느낌이었다. 나는 오묘한 표현이나 형식 이런 것은 잘 모른다. 그러나 시인이 마음을 다해서 쓴 시는 어떻게든 내 마음속까지 들어온다는 것은 안다.
—이승언

아침이슬 청소년 * 013
로그인 하詩겠습니까 2
―중학생이 사랑하는 시

첫판 1쇄 펴낸날 2010년 6월 20일

엮은이 | 이상대
지은이 | 신서중학교 강유은 외 시감상
펴낸이 | 박성규
펴낸곳 | 도서출판 아침이슬
등록 | 1999년 1월 9일(제10-1699호)
주소 | 서울 마포구 합정동 411-2(121-886)
전화 | 02) 332-6106
팩스 | 02) 322-1740
이메일 | 21cmdew@hanmail.net

ISBN 978-89-6429-111-5 44810

책값은 뒤표지에 있습니다.

이 책에 실린 시에 대하여 한국문예학술저작권협회에 가입한 시인들은 협회에 저작권료를 지불했으며, 가입하지 않은 시인들은 한국시인협회, 작가회의 등에 문의하거나 시집이 출간된 출판사에 문의해 개별적으로 연락을 드려 일일이 허락을 받았습니다. 그럼에도 불구하고 연락처가 확인 안 된 분들이 있습니다. 추후라도 연락이 되면 저작권협회에서 정한 소정의 저작권료를 지급해 드리도록 하겠습니다.